光文社文庫

文庫書下ろし／長編時代小説

秩父忍び

日暮左近事件帖

藤井邦夫

光　文　社

本書は、光文社文庫のために書下ろされました。

目次

江戸川橋
大塚
板橋宿へ
巣鴨
赤城明神
石切橋
松平越前守屋敷
日光御成街道
御薬園
切支丹坂
江戸川
中山道
小石川馬場
傳通院
小石川
神明宮
白山
水戸徳川家
駒込
春日町
水道橋
菊坂台町
千駄木
御弓町
駒込追分
神田川
本郷
加賀前田家
水戸藩中屋敷
道灌山
根津権現
島聖堂
霊雲寺
日暮里
門前町
茅町
湯島天神門前町
不忍池
神田明神
湯島天神
石神井用水
弁財天
妻恋坂
池之端仲町
根岸
谷中
東叡山寛永寺
下谷御成街道
下谷広小路
外神田
御徒町
入谷鬼子母神
（真源院）
三味線堀
幡随院
甚内橋
下谷三之輪町
鳥越明神
千住大橋
阿部川町
新吉原
新堀川
日本堤
奥州街道
鳥越橋
旅籠町
東本願寺
御蔵前通り
御米蔵
御蔵前
首尾の松
小塚原
浅草広小路
浅草寺
山谷町
御厩河岸之渡し
駒形町
新鳥越橋
山谷堀
雷門
浅草駒形堂
花川戸町
聖天町
竹町之渡し
吾妻橋
今戸橋
今戸町
白鬚之渡し
隅田川
源兵衛橋
竹屋之渡し
向島墨堤
水戸藩下屋敷
瓦町
中之郷
北割下水
源森川
小梅村
三囲稲荷
長命寺
木母寺
隅田村
寺島村
法恩寺橋
横川
業平橋
七日市藩下屋敷
押上村

伝馬町
平川町
四谷御門
市谷
赤坂
麴町
赤坂御門
市谷御門
御納戸町
氷川明神
善國寺
若宮八幡宮
溜池
牛込御門
番町
千鳥ヶ淵
半蔵御門
田安御門
虎之御門
西之御丸
清水御門
新シ橋
外桜田御門
雉子橋御門
和田倉御門
江戸城
南町奉行所
一橋御門
猿楽町
幸橋
土橋
北町奉行所
数寄屋橋御門
汐留橋
呉服橋御門
常盤橋御門
神田橋御門
鎌倉河岸
駿河台
三十間堀川
銀座町
竜閑橋
昌平橋
数寄屋町
筋違御門
鍛冶町
柳森稲荷
京橋
一石橋
今川橋
木挽町
室町
内神田
西本願寺
弾正橋
日本橋
和泉橋
組屋敷
雲母橋
南八丁堀
楓川
伊勢町
大伝馬町
小伝馬町
亀井町
佐久間河岸
八丁堀
組屋敷
八丁堀
江戸橋
西堀留川
公事宿巴屋
柳原土手
鎧ノ渡し
日本橋川
小網町
中之橋
馬喰町
公事宿巴屋の寮
亀島川
元浜町
緑橋
両国広小路
稲荷橋
一ノ橋
南新堀町
汐見橋
浅草御門
鉄砲洲
高橋
新川
箱崎町
行徳河岸
千鳥橋
米沢町
浅草橋
佃島
霊巌島
二ノ橋
永久橋
箱崎川
浜町堀
薬研堀
両国橋
柳橋
石川島
永代橋
新大橋
大川
熊井町
一ツ目之橋
佐賀町
今川町
上之橋
回向院
万年橋
大島町
海辺大工町
六間堀
御竹蔵
油堀
本所
越中島
亥ノ口橋
富岡橋
高橋
二ツ目之橋
海辺橋
仙台堀
林町
蓬莱橋
小名木川
富岡八幡宮
亀久橋
五間堀
霊巌寺
深川
竪川
南割下水
吉岡橋
西
北
東
南
三ツ目之橋
木場
土浦藩下屋敷
崎川橋
新高橋
0
500m

主な登場人物

日暮左近 元は秩父忍びで、瀕死の重傷を負っているところを公事宿巴屋の主・彦兵衛に救われた。いまは巴屋の出入物吟味人。

彦兵衛 馬喰町にある公事宿巴屋の主。瀕死の重傷を負っていた左近を巴屋の出入物吟味人として雇い、巴屋に持ち込まれる公事の調べに当たってもらっている。

おりん 公事宿巴屋の主・彦兵衛の姪。浅草の油問屋に嫁にいったが夫が亡くなったので、叔父である彦兵衛の元に転がり込み、巴屋の奥を仕切るようになった。

お春 巴屋の婆や。

嘉平 柳森稲荷にある葦簀掛けの飲み屋の老亭主。元は、はぐれ忍び。今は抜け忍や忍び崩れの者に秘かに忍び仕事の周旋をしている。

陣八 江戸のはぐれ忍び。

小五郎 江戸のはぐれ忍び。

陽炎 秩父忍びの頭。

小平太 秩父忍び。

烏坊 秩父忍び。

猿若 秩父忍び。

蛍 秩父忍び。

秩父幻斎 秩父忍びのお館。

宗念 香心寺の住職。

万助 香心寺の寺男。

服部道伯 伊賀忍びの総帥。

秩父忍び

日暮左近事件帖

第一章　闇討ち

一

江戸城は蒼（あお）い月明かりに浮かんでいた。

大目付（おおめつけ）水野義信（みずのよしのぶ）は駕籠（かご）に乗り、供侍（ともざむらい）を従えて江戸城の北にある一ツ橋（ひとつばし）御門を出て一ツ橋通り小川町（おがわまち）に向かった。

一ツ橋通り小川町には、水野義信の屋敷があった。

一ツ橋御門を出た水野義信一行は、一番火除地（ひよけち）と三番火除地の間を進み、一ツ橋通り小川町に進んだ。

火除地とは、火災延焼防止の為の空き地、防火帯である。

水野一行は、一番火除地と三番火除地の間の道を進んだ。

夜風が吹き抜け、火除地の雑草が一斉に揺れた。
水野一行の先頭と駕籠脇の武士が、不意に仰け反り倒れた。
「曲者、駕籠脇を固めろ……」
残る供侍と中間たちは、水野義信の乗っている駕籠を護った。
闇を切り裂く音が幾つも鳴り、左右の火除地から棒手裏剣が飛来した。
供侍と中間たちは、棒手裏剣を受けて次々に倒れた。
忍びの者たちが左右の火除地に現れ、闇を揺らして水野一行に襲い掛かった。
供侍たちは必死に迎え撃った。
忍びの者たちは、供侍たちを倒して駕籠に迫った。
「おのれ、曲者……」
駕籠から水野義信が現れ、刀を抜いて怒声をあげた。
刹那、数人の忍びの者が忍び刀を翳し、水野義信に殺到した。
水野義信は、駕籠を背にして全身を突き刺され、大きく仰け反った。
夜空に指笛が短く鳴った。
忍びの者たちは一斉に退き、姿を消した。
火除地の間の道には、駕籠を背にして死んでいる水野義信と供侍たちが倒れていた。

倒れている供侍たちには、死んでいる者と苦しく呻き踠いている者がいた。

一瞬の出来事だった。

吹き抜ける夜風は、火除地の闇を揺らして血の臭いを広げた。


日本橋馬喰町の通りには、多くの人々が行き交っていた。

公事宿『巴屋』は馬喰町の通りにあり、隣の煙草屋では婆やのお春、隠居、煙草屋の店番の老爺、裏の妾稼業の年増たちがお喋りに花を咲かせていた。

お春たちは、お喋りをしながら公事宿『巴屋』を恨む者の襲撃を警戒していた。

どうやら何事もないようだ……。

公事宿『巴屋』出入物吟味人の日暮左近は、お春や隠居たちに目礼し、店の暖簾を潜った。


「邪魔をする……」

日暮左近は、公事宿『巴屋』の土間に入った。

「あら、いらっしゃい……」

帳場にいたおりんは、左近を迎えた。

「彦兵衛の旦那は……」

「役所から戻って仕事部屋にいますよ」

おりんは告げた。

「そうか……」

左近は、土間から框に上がった。


公事宿『巴屋』の主・彦兵衛は、公事訴訟の書類を書いていた。

「彦兵衛の旦那……」

戸の外から左近の声がした。

「どうぞ……」

彦兵衛は、書類を書きながら告げた。

「邪魔をします」

左近が入って来た。

「やあ、いらっしゃい」

彦兵衛は、書類を書き終えて筆を置いて振り返った。

「昨夜、大目付の水野義信が闇討ちされたようですね」

左近は尋ねた。

「ええ。聞きましたか……」

彦兵衛は、火鉢に掛けられた鉄瓶の湯で茶を淹れ始めた。

「何者の仕業か分かったのですか……」

「どうぞ……」

彦兵衛は、左近に茶を差し出した。

「忝い。頂きます」

左近は、茶を飲んだ。

「大目付は諸大名の行動を監察し、怠慢や問題を摘発するのが役目。いろいろとありそうですね」

彦兵衛は、笑みを浮かべた。

「他の大目付は……」

大目付は、闇討ちされた水野義信の他に三人いる。

「今のところ、何事もないようです」

彦兵衛は茶を啜った。

よ」

「ええ。左近さん、生き残った者の話では、闇討ちしたのは忍びの者だそうです

「そうですか……」

彦兵衛は、左近を見詰めた。

「やはり……」

「気が付いていましたか」

「大目付一行を襲い、僅かな刻で闇討ちをしたとなると、忍びの者かと……」

左近は、己の読みを伝えた。

「そうですか……」

彦兵衛は頷いた。

「して、襲った忍びの者が残した物、何かなかったのですか……」

「供侍の中に、棒手裏剣で殺された者もいたそうですよ」

「棒手裏剣……」

左近は眉をひそめた。

忍びの者が使う手裏剣には、十字手裏剣や四方手裏剣など様々な物があり、棒手裏剣もその一つだ。そして、秩父忍びや左近が使う手裏剣も棒手裏剣だった。

もっとも棒手裏剣にも長さ、太さ、重さなどいろいろな種類がある。

「何か心当たりでも……」

「棒手裏剣を使う忍びはいろいろいますので、未だ何とも……」

左近は、言葉を濁して茶を飲んだ。

「そうですか。ま、闇討ちされた大目付の水野義信さま、何を調べていたのか探ってみますか……」

彦兵衛は笑った。

「水野義信、何故に闇討ちされたのか……」

左近は頷いた。

神田川には様々な船が行き交い、柳原通りの柳並木は緑の枝葉を揺らしていた。

左近は、柳原通りにある柳森稲荷のある空き地に入った。

稲森稲荷には参拝客が訪れ、鳥居の前には七味唐辛子売り、古道具屋、古着屋の露店が並び、奥には葦簀掛けの飲み屋があった。

左近は、参拝客や露店を冷やかしている客を見廻した。

客の中に不審な者はいない……。

左近は見定め、奥にある葦簀掛けの飲み屋に向かった。


「邪魔をする……」

左近は、葦簀掛けの間から中に入った。

「おう。来たか……」

亭主の嘉平は、笑みを浮かべて左近を迎えた。

「来ると思っていたようだな」

左近は苦笑した。

「ああ。下り酒だ」

嘉平は、角樽の酒を湯呑茶碗に注いで左近に差し出した。

「うむ……」

「で、昨夜の大目付水野義信闇討ちの一件か……」

嘉平は、左近が来た理由を読んだ。

「ああ。何か噂はあるか……」

「やったのは、棒手裏剣を使う忍びの者……」

「何処の忍びだ」

「そこ迄の噂は未だないが……」

嘉平は眉をひそめた。

「何だ」

「棒手裏剣を使う忍びは限られている……」

「ならば……」

「秩父忍びの名が噂されるのは、間もなくだろうな」

嘉平は読んだ。

「うむ……」

左近は頷いた。

「して、秩父の皆は来ちゃあいないんだな」

「俺の知る限りでは……」

「そうか……」

「棒手裏剣を使う忍び、他には……」

「筑波、熊野、大仙。いろいろいる……」

「狙いは……」

「只の眼晦まし、己の正体を隠す為、他の忍びを陥れる為……」

「その何れかか……」

「ま。明日になれば、もっと噂が集まり、絞れるだろう」

嘉平は笑った。

「うむ……」

左近は、湯呑茶碗の酒を飲んだ。

夕陽は葦簀越しに輝いた。


鉄砲洲波除稲荷前の稲荷橋は、亀島川と合流する八丁堀に架かっている。

日暮左近は、亀島町川岸通りから稲荷橋に差し掛かった。

稲荷橋の向こうの闇が微かに揺れた。

左近は、稲荷橋の袂に立ち止まった。

闇は微かに揺れ続けた。

左近は、殺気を放った。

刹那、闇が揺れて煌めきが瞬いた。

左近は、地を蹴って跳んだ。

煌めきが左近の足の下を飛び抜け、稲荷橋の袂の木の幹に突き刺さった。

棒手裏剣だった。

何者……。

左近は、稲荷橋の欄干(らんかん)を蹴り、向こう側の闇に跳んだ。

闇が揺れ、忍びの者が現れた。

捕える……。

左近は、忍びの者を捕えて素性(すじょう)を突き止める事に決め、鋭い蹴りを放った。

忍びの者は跳び退(の)いた。

左近は追った。

忍びの者は、苦無(くない)を唸(うな)らせた。

左近は、真上に跳んで苦無を躱(かわ)し、忍びの者に襲い掛かった。

忍びの者は、苦無を左近に投げ付けた。

左近は、身体(からだ)を僅かに開いて見切った。

苦無は飛び去った。

「何処の忍びだ」

左近は、忍びの者を見据えた。

「お前は……」

忍びの者は、左近を見返した。

「何……」

左近は、僅かに戸惑った。

「何処の忍びだ」

忍びの者は、左近を見詰めた。

「それを知ってどうする」

左近は、戸惑いを募らせた。

「さあて、俺の役目は、お前が忍びかどうか、忍びなら何処の忍びか突き止める」

忍びの者は、左近を窺った。

「ならば、お前の素性は……」

左近は訊いた。

「黙れ……」

忍びの者は、左近に鋭く斬り掛かった。

左近は、無明刀を一閃した。

忍びの者の忍び刀は、弾き飛ばされた。

左近は、忍びの者の背後を素早く取り、無明刀を突き付けた。

忍びの者は仰け反った。

「素性を云え……」

左近は、忍びの者の喉元に無明刀の刃を押し当てた。

無明刀の刃は、喉元の肉に喰い込んだ。

「云え……」

左近は囁き、無明刀を引こうとした。

「ち、秩父忍び……」

忍びの者は、声を震わせた。

「秩父忍び……」

左近は驚いた。

火薬の臭い……。

刹那、左近は大きく跳び退いた。

忍びの者の五体は、低い音を鳴らして炸裂し、八丁堀に飛び散った。

左近は、稲荷橋に佇み、八丁堀から江戸湊の闇に流されていく忍びの者の欠片を見送った。

忍びの者は、自分は秩父忍びだと云い、左近を道連れに自爆を企てた。だが、失敗して果てた。

秩父忍び……。

左近は戸惑った。

秩父忍びは、左近の知っている限り、陽炎、小平太、烏坊、猿若、蛍と忍び修行をしている一族縁の子供たちだけだ。

左近は、己を襲って自爆した忍びの者の声や身の熟しの者に心当たりはなかった。だが、忍びの者は秩父忍びだと云い残した。

どういう事だ……。

陽炎たちの他に秩父忍びがいるのか……。

左近は、暗い江戸湊を眺めた。

江戸湊は、潮騒を低く静かに響かせて何処迄も暗かった。

稲荷橋の袂の木の幹に突き刺さっていた棒手裏剣の長さ、太さ、重さ、見た目は、陽炎たち秩父忍びのものと同じだった。

秩父忍びは、秩父で道統を継いでいる陽炎たちの他にもいるのか……。

左近は読んだ。

鉄砲洲波除稲荷の境内から望む江戸湊は何処迄も蒼く、千石船が白帆を膨らませて行き交っていた。

忍びの者の気配は、境内には窺えなかった。

昨夜、左近を襲って自爆して果てた忍びの者に仲間はいないのか……。

左近は、鉄砲洲波除稲荷の境内に佇み、忍びの者が現れるのを待った。

だが、忍びの者は現れなかった。

よし……。

左近は、柳原通りにある柳森稲荷の嘉平の店に行く事にした。

鉄砲洲波除稲荷の境内を出て稲荷橋を渡り、亀島町川岸通りを進み、南茅場町の通りを楓川に架かる海賊橋に向かう。そして、海賊橋を渡って日本橋川に架かっている江戸橋に進む……。

左近は、柳原通り迄の道を進みながら尾行て来る者や見張っている者を探した。

しかし、そうした気配は窺えなかった。

柳原通りは両国広小路と神田八つ小路を結び、多くの人が行き交っていた。

左近は、柳森稲荷の鳥居の前に佇み、本殿に手を合わせる参拝客や露店を冷やかす客たちを窺った。そして、微かな殺気を放った。

微かな殺気に反応した者は、奥の葦簀張りの飲み屋の縁台で安酒を飲んでいる二人の人足だった。

二人の人足は、嘉平の息の掛かったはぐれ忍びであり、左近とも顔見知りだった。

忍びの者も不審な者もいない……。

左近は、見ている二人の人足に頷き、葦簀張りの飲み屋に進んだ。


「おう……」

嘉平は、左近に酒を満たした湯呑茶碗を差し出した。

「今のところ、此処に妙な奴は来ちゃあいない」

嘉平は、左近の放った微かな殺気に気が付いていた。

「うむ。そのようだな……」

左近は、葦簀越しに柳森稲荷の鳥居と露店を窺った。

「その後の噂だが……」

「何か分かったか」

「大目付の水野義信、大名の素行を秘かに探っていたそうだぜ」

嘉平は告げた。

「大名、何処の誰だ……」

「そこ迄は未だだ……」

「そうか……」

「大目付は老中配下、水野義信の背後にいる老中は……」

「内藤駿河守……」

「遠江国相良藩の内藤忠泰か……」

内藤駿河守忠泰は、七万石取りの譜代大名だった。

「うむ。内藤忠泰、何処かの大名の取り潰しを狙い、水野義信に探らせていた。だが、狙われた大名が気が付き、忍びを使って牙を剝いた……」

嘉平は読んだ。

「成る程(なるほど)……」

左近は頷いた。

「だが、此奴(こいつ)は噂の寄せ集めだ。本当かどうかは分からん」

嘉平は笑った。

「そうか……」

左近は、葦簀越しに外を窺った。

「何かあったのか」

嘉平は眉をひそめた。

「昨夜、襲われた……」

左近は、静かに告げた。

「誰に……」

嘉平は、驚きを過(よぎ)らせた。

「忍び……」

「何処の……」

「厳しく問い質(ただ)したところ、自爆する前に秩父忍びと名乗った……」

「秩父忍び……」

嘉平は驚いた。

「うむ……」

「知っている者か……」

「いいや」

「知らぬ秩父忍びか……」

「父っつあんも承知のように、秩父忍びには道統を伝える陽炎、小平太、烏坊、猿若、蛍がいる。今のところ、その他に秩父忍びはいない」

左近は告げた。

「だが、お前さんの知らぬ秩父忍びがいた」

嘉平は、厳しさを過らせた。

「そういう事になるが、その奴(やつ)が私を混乱させる為、秩父忍びと名乗っただけなのかもしれぬ……」

左近は読んだ。

「うむ。して、その忍びが自爆して果てた後は……」

「現れぬ」

「そうか……」

「うむ……」

「それにしても、秩父忍びとはな……」

嘉平は、戸惑いを浮かべた。

「偽りでも秩父忍びを名乗る者が現れたとなると、黙って見過ごしには出来ぬ」

左近は、厳しさを滲ませた。

二

溜池に月影が映えた。

赤坂御門を出た目付の北原主水正は、供侍たちを従えて一ツ木町の屋敷に向かった。

赤坂御門を出て溜池沿いの赤坂田町に進み、三丁目と四丁目の間の通りに曲がると一ツ木町であり、北原屋敷がある。

北原一行は、西行稲荷前を抜け、一ツ木町に曲がる赤坂田町四丁目の辻に差し掛かった。

刹那、闇が揺れ、幾つかの煌めきが飛んだ。

北原一行の数人の供侍たちは、飛来した煌めきを受けて仰け反り倒れた。

「曲者……」

供頭は短く叫んだ。

次の瞬間、飛来した煌めきが供頭の首を貫いた。

煌めきは棒手裏剣だった。

配下の供侍たちは、主の北原主水正の周囲を素早く固めて走り、田町四丁目の辻を一気に曲がった。

陰から忍びの者たちが現れ、北原主水正と供侍たちに殺到した。

苦無や忍び刀が煌めいた。

忍びの者たちは、北原を護る供侍たちを数人掛かりで容赦なく討ち果たして行った。

「お、おのれ、目付の北原主水正と知っての狼藉か……」

北原は、怒りと恐怖に声を震わせた。

だが、北原の震える声は、胸に突き立った苦無によって遮られた。

忍びの者は一斉に退き、北原主水正と供侍たちの死体が残された。

大目付の水野義信に続き、目付の北原主水正が闇討ちされた。

目付は若年寄に直属して旗本・御家人の監察を役目としており、老中配下で大名監察をする役目の大目付と直接の拘わりはなかった。

だが、世間は二人の拘わりを面白おかしく作り、囁き合った。

公儀は、水野義信と北原主水正を闇討ちしたのが忍びの者と知り、只の闇討ちではないと睨んだ。

老中内藤駿河守忠泰は、伊賀忍びの服部道伯を使う事にした。

服部道伯は、東照神君家康公に仕えた伊賀忍びの頭領服部半蔵の末裔だった。

服部家は配下の反乱で没落し、辛うじて生き残った者が捨扶持を与えられて目黒でひっそりと暮らしていた。

その服部家の現当主が道伯だった。

老中内藤駿河守は、服部道伯を三味線堀の傍にある遠江国相良藩の中屋敷に呼んだ。

狭い茶室の亭主の座では、内藤駿河守が茶を点てていた。

「お呼びにございますか……」

躙り口の外から男の声がした。

「道伯か……」

「はっ……」

「入るが良い」

駿河守は告げた。

「はっ……」

男は返事をし、茶室の隅に現れた。

「聞いているな……」

駿河守は、茶室の隅で平伏している総髪の中年武士、服部道伯を見た。

「大目付の水野さま、目付の北原さま、闇討ちの件にございますか……」

服部道伯は、駿河守を見た。

「うむ。両者とも闇討ちをしたのは、忍びの者だそうだが……」

駿河守は眉をひそめた。

「はい。相違ございません」

道伯は頷いた。

「何処の忍びだ……」

「未だ突き止めてはおりませんが、棒手裏剣を使う忍びかと……」

「ならば、棒手裏剣を使う忍びを……」

「棒手裏剣を使う忍びは、筑波忍び、熊野忍び、秩父忍びなどがおり、今、配下の者共(ものども)が調べております……」

「そうか。ならば道伯、早々に何処の忍びか見定め、何が狙いの闇討ちか突き止めろ」

駿河守は命じた。

「ははっ……」

道伯は平伏し、茶室の隅から消えた。

駿河守は冷ややかな眼で見送り、点てた茶を美味(うま)そうに飲んだ。


柳森稲荷と空き地の露店は、参拝客と冷やかし客が行き交っていた。

奥にある葦簀掛けの飲み屋の縁台では、二人の人足が安酒を飲んでいた。

人足の一人は、空(から)になった湯呑茶碗を手にして葦簀掛けの飲み屋に入った。

「親父さん……」

人足は、亭主の嘉平に声を掛けた。

「陣八、見掛けない奴らか……」

嘉平は、葦簀越しに空き地を行き交う人々を眺めた。

「ああ。朝から参拝客や冷やかし客のふりをして出入りをしている」

人足姿の陣八は、江戸のはぐれ忍びであり、嘉平の店を秘かに警戒していた。

「うん。陣八と小五郎の見知っている者はいないか……」

嘉平は尋ねた。

「今のところ、俺と小五郎の知っている奴はいない……」

陣八は、葦簀越しに縁台で茶碗酒を啜っている人足の小五郎を見た。

小五郎もはぐれ忍びだ。

「そうか……」

嘉平は頷いた。

指笛の音が短く鳴った。

嘉平と陣八は、葦簀掛けの飲み屋に近付いて来る托鉢坊主に気が付いた。

忍びの者……。

嘉平と陣八は睨んだ。

「陣八……」

嘉平は、陣八の湯呑茶碗に酒を満たした。

「はい……」

陣八は、仕事に溢(あぶ)れた人足を装って酒を受け取り、文銭(もんせん)を置いて出て行った。

「邪魔をする」

托鉢坊主が饅頭笠(まんじゅうがさ)を取り、葦簀張りの飲み屋に入って来た。

「おう、いらっしゃい。酒かい……」

嘉平は、托鉢坊主を迎えた。

「ああ。一杯貰(もら)おうか」

托鉢坊主は注文した。

嘉平は、湯呑茶碗に酒を満たして托鉢坊主に差し出した。

「七文(もん)だ」

嘉平は告げた。

「七文か……」

托鉢坊主は文銭を払い、湯呑茶碗の酒を啜った。

嘉平は見守った。

「大目付と目付の闇討ちの噂を買いたい。幾らだ……」

托鉢坊主は、嘉平に笑い掛けた。

「お前さん、何処の寺の坊主だい……」

嘉平は苦笑した。

「さあて、坊主もいろいろあるからな……」

「そうかい。未だ売りものになるような噂はないよ……」

「棒手裏剣を使う忍びの者もか」

托鉢坊主は尋ねた。

「ああ……」

「そうか。無駄だったか……」

「済まないな」

嘉平は詫びた。

「じゃあ……」

托鉢坊主は、饅頭笠を手にして葦簀掛けの飲み屋を出た。

嘉平は、葦簀越しに托鉢坊主を見守った。

托鉢坊主は、嘉平に葦簀越しに笑い掛けて饅頭笠を被った。

嘉平は苦笑した。

托鉢坊主は、踵(きびす)を返した。

陣八は、葦簀越しに嘉平を一瞥(いちべつ)し、托鉢坊主を追った。

もう一人の人足の小五郎は、既に姿を消していた。

嘉平は、托鉢坊主を尾行(つけ)て行く陣八を葦簀越しに見送った。


托鉢坊主は、柳原通りを神田八つ小路に向かった。

陣八は、充分な距離を取って托鉢坊主を尾行た。

托鉢坊主の行き先を見届け、何処の忍びか突き止める……。

陣八は、菅笠(すげがさ)を目深(まぶか)に被って追った。

托鉢坊主は、神田川に架かっている昌平橋(しょうへいばし)を渡り、明神下(みょうじんした)の通りを不忍池(しのばずのいけ)に向かった。

陣八は尾行た。


不忍池は煌めいた。

托鉢坊主は、不忍池の畔(ほとり)を茅町(かやちょう)二丁目に向かった。

何処に行く気だ……。
陣八は追った。
托鉢坊主は、不意に立ち止まった。
陣八は、咄嗟に木陰に隠れた。
托鉢坊主は振り返り、薄く笑った。
気が付かれている……。
陣八は、托鉢坊主が尾行に気が付いているのを知った。
此れ迄だ……。
陣八は、托鉢坊主を尾行るのを止めた。
托鉢坊主は、不忍池の畔を再び歩き始めた。
鬢盥を手にした廻り髪結いが、陣八を追い抜いて托鉢坊主を追った。
はぐれ忍びの小五郎……。
小五郎は、人足から廻り髪結いに姿を変えて陣八を追って来ていた。
托鉢坊主は、不忍池の畔を進んだ。
小五郎は、落ち着いた足取りで托鉢坊主を尾行た。
陣八は、小五郎の後ろ姿を追った。

托鉢坊主は、不忍池の畔を進んで茅町二丁目から寺の連なりに曲がった。

小五郎は、曲がり角に走った。

托鉢坊主は、連なる寺の一軒の山門を潜った。

小五郎は、曲がり角から見届けた。

「どうした……」

陣八が、背後から駆け寄って来た。

「うむ。三軒目の寺に入った」

小五郎は報せた。

「よし……」

陣八と小五郎は、三軒目の寺の山門に駆け寄った。そして、山門の陰から境内を窺った。

境内に人影はなく、本堂や庫裏も静かだった。

小五郎は、山門に掲げられている古い扁額を読んだ。

古い扁額には、『香心寺』と消え掛かった文字が書かれていた。

「香心寺か……」

陣八は、扁額を読んだ。

「うむ。どうする、忍び込んで探ってみるか……」

小五郎は、陣八の出方を窺った。

「いや、偶々立ち寄ったのかもしれない……」

「出て来るかもしれねえか……」

「ああ……」

「じゃあ、暫く見張ってみるか……」

小五郎は、見張り場所を探した。

「よし。俺は香心寺がどんな寺で、住職がどんな坊主か訊いて来る」

陣八は、連なる寺の奥に進んだ。

「気を付けてな……」

小五郎は、陣八を見送って『香心寺』の斜向かいの雑木林に入った。

「香心寺ですか……」

連なる寺の一軒から出て来た米屋の手代は、微かな戸惑いを浮かべた。

「ええ。どんな寺で御住職はどんな方ですかね……」

陣八は尋ねた。

「どんな寺って、普通のお寺でして、御住職は宗念と仰る初老の和尚さまで、寺男は万助って中年の人ですが……」

米屋の手代は、戸惑いを浮かべて告げた。

「じゃあ、香心寺に何か変わった事はありませんか……」

「さあ……」

米屋の手代は、首を捻った。

「そうですか。じゃあ……」

陣八は、聞き込みを続けた。


小五郎は、香心寺を見張り続けた。

托鉢坊主が、香心寺の山門から出て来た。

小五郎は緊張した。

托鉢坊主は、饅頭笠を僅かに上げて周囲を見廻し、不忍池に向かった。

陣内は、聞き込みに行ったままだ。

仕方がない……。

小五郎は、苦無を出し木の幹に不忍池を指す矢印を描き、托鉢坊主を追った。

托鉢坊主は、不忍池の畔から根津権現に向かった。

小五郎は追った。

根津権現に行くのか……。

小五郎は、托鉢坊主の行き先を読み、木の幹などに小さな目印を付けながら追った。

托鉢坊主は、根津権現門前町を抜けた。そして、谷中天王寺と白山権現を結ぶ通りを横切り、千駄木に入った。

何処迄行く……。

小五郎は、托鉢坊主を慎重に尾行た。

陣八は、香心寺の山門前に戻り、見張っている筈の小五郎を探した。

だが、小五郎はいなかった。

托鉢坊主が現れ、小五郎は追ったのか……。

陣八は、小五郎が見張り場所にしたと思われる処を調べた。

木の幹に小さな矢印が付けられていた。
小五郎の残した目印か……。
陣八は、矢印を検（あらた）めた。
矢印は付けられたばかりで、不忍池を指し示していた。
やはり、小五郎の残した目印……。
陣八は見定めた。
小五郎は、托鉢坊主が動いたので追った。
陣八は読み、目印を探しながら追跡を始めた。

千駄木の田畑の緑は、吹き抜ける微風（そよかぜ）に揺れていた。
托鉢坊主は、田畑を流れる小川の土手道を隅田川（すみだがわ）に向かって進んだ。
小五郎は、充分に距離を取って追った。
風が吹き抜け、田畑の緑が揺れた。
托鉢坊主は振り返った。
小五郎は、田畑の緑に隠れる間もなく立ち止まった。
数人の忍びの者たちが、小五郎の周囲の緑の田畑から現れた。

しまった……。

小五郎は、誘き出された事に気が付いた。

数人の忍びの者は、小五郎の包囲の輪を縮めた。

「はぐれ忍びか……」

托鉢坊主は、嘲りを浮かべた。

「何処の忍びだ……」

小五郎は訊いた。

刻を稼げば、陣八が駆け付けてくれるかもしれない。

賭けだ……。

小五郎は苦笑した。

「訊くのはこっちだ……」

托鉢坊主は、苛立ちを滲ませた。

忍びの者たちは、包囲の輪を縮めた。

「分かった……」

小五郎は、諦めたように頷いた。

「はぐれ忍びだな……」

「ああ……」

小五郎は、素直に頷いた。

「頭領は嘉平か……」

「嘉平の父っつあんは頭領じゃない。世話役、纏め人だ」

「世話役、纏め人だと……」

托鉢坊主は戸惑った。

「ああ。江戸のはぐれ忍びは、誰かの命で動いちゃあいない。皆、嘉平の父っつあんの持って来た仕事を自分で選び、給金を稼いで暮らしを立てているんだ」

「ならば、嘉平は……」

「はぐれ忍びの頭領というより、口入屋の亭主だ……」

「口入屋の亭主……」

托鉢坊主は眉をひそめた。

「ああ。どうだ、皆も掟やしがらみがなく、自分で決めて動くはぐれ忍びにならぬか……」

小五郎は、取り囲んでいる忍びの者たちを誘った。

忍びの者たちは戸惑った。

「黙れ。ならば、柳森稲荷から俺を尾行て来たのは、嘉平の指図ではないというのか……」

托鉢坊主は、微かな苛立ちを過らせた。

「ああ。暇な俺たちが話を聞き、勝手にやっているだけだ」

小五郎は笑った。

「それが、江戸のはぐれ忍びか……」

「ああ。どうだ、皆の衆。抜け忍になったらいつでも柳森稲荷の嘉平の父っつあんの店に行くが良い。家と仕事の世話をしてくれる」

小五郎は、忍びの者たちに笑い掛けた。

忍びの者たちは、僅かに動揺した。

「黙れ……」

托鉢坊主は怒鳴り、小五郎に手裏剣を放った。

小五郎は、咄嗟に田畑の緑に跳んだ。

托鉢坊主は、尚も手裏剣を放った。

小五郎は、苦無で飛来する手裏剣を必死に叩き落として躱した。

叩き落とされた手裏剣は、十字手裏剣だった。

十字手裏剣……。
小五郎は見定めた。
「殺せ……」
托鉢坊主は、忍びの者たちに命じた。
忍びの者たちは、微かな躊躇いを窺わせながら小五郎に手裏剣を放った。
刹那、包囲をしていた忍びの者が仰け反り、倒れた。
陣八か……。
小五郎は読んだ。
托鉢坊主と忍びの者たちは怯んだ。
陣八が小川の中から現れ、炸裂弾を托鉢坊主に投げた。
托鉢坊主は跳んだ。
炸裂弾は閃光を放った。
小五郎は伏せた。
托鉢坊主と忍びの者たちが続いて伏せた。
爆風が田畑の緑を薙ぎ倒し、煙が辺りを覆った。
僅かな刻が過ぎた。

煙が薄れ、小鳥の囀りが響いた。

托鉢坊主と忍びの者たちは、立ち上がった。

小五郎と陣八は、既に姿を消していた。

「おのれ……」

托鉢坊主は、怒りに震えた。

田畑の緑は、日差しに眩しく煌めいた。

三

夜。

柳森稲荷は暗く、空き地の奥の葦簀掛けの飲み屋に小さな明かりが灯されていた。

左近は、暗い柳森稲荷や空き地に忍びの者が忍んでいないのを見定め、葦簀掛けの飲み屋に進んだ。

「邪魔をする……」

左近は、葦簀掛けを潜った。

「おう。来たか……」

嘉平は迎えた。

葦簀掛けの中には、陣八と小五郎がいた。

「何かあったのか……」

左近は尋ねた。

「うむ。妙な托鉢坊主が来た……」

嘉平は告げた。

「托鉢坊主……」

「ああ。噂を買いにな……」

「噂を……」

「ああ。大目付の水野義信と目付の北原主水正闇討ちの噂だ……」

「托鉢坊主がそいつを買いに来たのか……」

左近は眉をひそめた。

「ああ……」

嘉平は頷いた。

「して……」

左近は、話の先を促した。

「売る噂はないと云ったら帰って行った」

嘉平は苦笑した。

「で、俺と小五郎が追ったのだが……」

陣八が話し始めた。

「俺が托鉢坊主に誘き出され、忍びの者に囲まれて危ないところを陣八に助けられた」

小五郎は苦笑した。

「そいつは良かった……」

左近は頷いた。

「うむ。その時、托鉢坊主が此の十字手裏剣を俺に放った……」

小五郎は、十字手裏剣を見せた。

「十字手裏剣か……」

左近は、十字手裏剣を検めた。

「十字手裏剣は伊賀や甲賀の忍びの者が使うが、おそらく此の手の物は伊賀者だろう」

嘉平は眉をひそめた。

「伊賀者……」

左近は、微かな戸惑いを過らせた。

「うむ。伊賀者は、頭領服部家の没落と共に表舞台から消えているが、秘かに道統を受け継ぐ者がいる筈。その者共かもしれねえ」

嘉平は告げた。

「そうか。伊賀者が乗り出して来たか……」

左近は知った。

「うむ。おそらく公儀の誰かが、伊賀忍び服部家の道統を継いだ者に、水野と北原闇討ちの探索を命じたのだろう」

嘉平は読んだ。

「うむ。ならば、闇討ちをした棒手裏剣を使う忍びの者たちと、公儀の伊賀忍びの殺し合いが始まるか……」

左近は、棒手裏剣を使う忍びと伊賀者の闘いが熾烈になると読んだ。

「おそらくな……」

嘉平は、面白そうに笑った。

「それにしても、闇討ちした棒手裏剣を使う忍び、何処の忍びなのか……」

陣八は、首を捻った。

「伊賀の奴らも、父っつあんから噂を買いに来たところを見ると、突き止めてはいないか……」

小五郎は睨んだ。

「伊賀の奴らを見張るか……」

陣八は告げた。

「伊賀の奴らの居場所、分かっているのか」

左近は尋ねた。

「托鉢坊主、追ってる途中、茅町二丁目の寺町(てらまち)にある寺に寄ってな……」

小五郎は告げた。

「寺は香心寺、住職は宗念、寺男の万助と二人で住んでいるそうだ」

陣八は報せた。

「托鉢坊主、香心寺に立ち寄ってから俺を誘き出しやがった」

小五郎は吐き棄(す)てた。

「香心寺か……」

左近は訊いた。

「香心寺、伊賀者の忍び宿じゃあないかもしれないが、何らかの拘わりがあるのは間違いないだろう」

嘉平は睨んだ。

「明日から見張ってみるか……」

「ああ……」

陣八は、小五郎の提案に頷いた。

「そいつは止めておけ……」

左近は告げた。

「何……」

陣八と小五郎は戸惑った。

「おぬしたちは面が割れている。香心寺には俺が行こう」

左近は、小さく笑った。

神田川から櫓の軋みが響き、葦簀掛けの飲み屋の小さな明かりは瞬いた。

朝靄は消え、不忍池には朝陽が映えた。
茅町二丁目の寺の連なりには、朝の御勤めの住職の読む経が響いていた。
香心寺からも、住職の宗念の読む経が洩れて来ていた。
此処か……。
日暮左近は、香心寺の山門から境内を眺めた。
手入れの行き届いた境内、読経の洩れて来る本堂、寺男が出入りしている庫裏……。
左近は見廻した。
何処にでもある寺と同じ、変わった様子は窺えない……。
左近は、そう思った。
よし……。
左近は、香心寺の斜向かいにある雑木林から見張る事に決め、木の陰に入った。
木の幹には、小さな矢印が不忍池に向けて刻まれていた。
小五郎の刻んだ陣八に対する目印……。
左近は、小五郎に聞いた話を思い出しながら香心寺を見張った。
御勤めの刻も過ぎ、住職たちの読経も終わりつつあった。

香心寺の住職宗念の経が終わった。
僅かな刻が過ぎた。
十人の托鉢坊主が饅頭笠を被り、錫杖を手にして香心寺の山門から出て来た。
左近は見守った。
托鉢坊主たちは二列に並び、声を揃えて経を読みながら不忍池に向かった。
よし……。
左近は、托鉢坊主の一行を追うと決めて雑木林を出た。

不忍池に托鉢坊主たちの読む経が響いた。
托鉢坊主の一行は、朝陽の煌めく不忍池の畔を茅町一丁目に向かった。
左近は、家並の軒先や屋根伝いに巧みに追った。
何処に行くのか……。
左近は、声を揃えて経を読みながら行く托鉢坊主たちを追った。
托鉢坊主の一行は、不忍池の畔から下谷広小路に進んだ。
下谷広小路を抜けた托鉢坊主の一行は、山下から新寺町に向かった。

浅草に行くのか……。

左近は読み、托鉢坊主の一行を追った。

托鉢坊主の一行は、浅草広小路を抜けて隅田川に架かっている吾妻橋を渡った。

隅田川は滔々と流れていた。

左近は追った。

托鉢坊主の一行は、向島に入って土手道に進んだ。

向島の土手道には、隅田川からの風が吹き抜けていた。

托鉢坊主の一行は、土手道を進んで桜餅で名高い長命寺前を小川沿いの道に曲がった。

何処に行く……。

左近は追った。

托鉢坊主の一行は、古いお堂の前で立ち止まった。

左近は、物陰から見守った。

古いお堂の向こうには、武家屋敷があった。

托鉢坊主の一人が、仲間を残して武家屋敷に向かった。

武家屋敷の様子を窺いに行った……。

左近は読み、見守った。


武家屋敷は表門を閉め、静寂に覆われていた。

托鉢坊主は、武家屋敷の表門前に佇んで経を読み始めた。

武家屋敷の土塀の内には、微かに人の動く気配がした。

托鉢坊主は、古いお堂の前にいた托鉢坊主たちに合図した。

托鉢坊主たちは、一斉に饅頭笠と衣を脱ぎ棄てて忍び姿になり、武家屋敷の表門前に走った。

伊賀忍び……。

左近は見定めた。

托鉢坊主たち伊賀忍びは、武家屋敷を襲撃する。

武家屋敷は何者の屋敷なのか……。

左近は見守った。

托鉢坊主は、錫杖の環を鳴らした。

伊賀忍びは、一斉に土塀を乗り越えて武家屋敷に侵入した。

托鉢坊主は、衣を翻して続いた。

左近は、物陰から出て武家屋敷に走った。

武家屋敷内から殺気が湧き上がり、闘う物音と刃の嚙み合う音がした。だが、人の怒声、悲鳴、呻きは一切聞こえなかった。それは、忍びの者同士の闘いの証だった。

となると、武家屋敷にいた者は何処かの忍びの者なのだ。

托鉢坊主たち伊賀忍びは、武家屋敷に潜んでいた忍びの者を急襲したのだ。

左近は、表門の屋根に跳んだ。

武家屋敷の前庭には、既に数人の伊賀忍びと侍が斃れていた。

殺し合いは、屋敷内に移っている。

左近は、表門の屋根から跳び下り、武家屋敷内に入った。

武家屋敷内には殺気が激しく渦巻き、血の臭いに満ちていた。

托鉢坊主たち伊賀忍びは、数人の侍を追い詰めていた。

「おのれ……」

武家屋敷の侍が、猛然と托鉢坊主に斬り掛かった。

托鉢坊主は、錫杖に仕込んだ刀を横薙ぎに一閃した。

閃きは侍の胸元を斬り裂き、血を飛ばした。

武家屋敷の侍は二人になり、托鉢坊主たち六人の伊賀忍びに囲まれた。

「何処の忍びか、聞かせてもらおう」

托鉢坊主は、仕込刀を突き付けて尋ねた。

二人の侍は沈黙した。

「云え……」

托鉢坊主は、一人の侍の胸に仕込刀を突き刺した。

侍は、微かに呻いて仰け反った。

「云え、何処の忍びだ……」

托鉢坊主は、仕込刀に力を込めた。

侍は、苦しく呻いた。

「秩父だ。秩父忍びだ……」

もう一人の侍が、苦しむ仲間の為に素性を吐いた。

「秩父忍びだと……」

托鉢坊主は念を押した。

「ああ。だから止めてくれ……」

素性を吐いた侍は頷き、頼んだ。

「そうか……」

托鉢坊主は嘲笑を浮かべ、侍の胸を刺した仕込刀に最後の力を込めた。

仕込刀は、侍の胸を刺し貫いた。

「止めろ……」

素性を吐いた侍は叫んだ。

托鉢坊主は、仕込刀を侍の胸から抜きながら素性を吐いた侍を斬った。

素性を吐いた侍は、袈裟懸けに斬られて膝から崩れ落ちた。

「死ね。秩父忍び……」

托鉢坊主は、崩れ落ちた侍に仕込刀を翳した。

刹那、棒手裏剣が飛来し、托鉢坊主の仕込刀を翳す腕に突き刺さった。

托鉢坊主は、体勢を崩しながら退いた。

左近が現れた。

五人の伊賀忍びは、忍び刀を抜いて左近に飛び掛かった。
左近は、無明刀を抜き打ちに一閃し、鋭く返して斬り下げた。
二人の伊賀忍びが、血を飛ばして倒れた。
残る三人の伊賀忍びは、跳び退いて忍び刀を構えた。
左近は、猛然と斬り掛かった。
無明刀が唸り、煌めいた。
伊賀忍びが一人、肩を斬られて倒れた。
残る二人の伊賀忍びは、素早く身を翻して逃げた。
托鉢坊主は、既に姿を消していた。
左近は、托鉢坊主に袈裟懸けに斬られて倒れた侍に駆け寄った。
侍の顔には、死相が現れていた。
「しっかりしろ……」
左近は抱き起こした。
侍は、苦しく呻いた。
「何処の忍びだ……」
左近は訊いた。

「ち、秩父忍び……」

侍は、喉を引き攣らせた。

「秩父忍び……」

「ああ……」

「頭領は誰だ……」

左近は尋ねた。

「秩父、秩父刑部……」

侍は、息を飲んで苦しく言葉を途切らせて息絶えた。

「秩父刑部……」

左近は眉をひそめた。

侍は、秩父忍びと名乗り、頭領を秩父刑部だと告げて絶命した。

秩父忍び……。

左近は、秩父忍びと名乗った侍は勿論、武家屋敷にいた侍で死んでいる者の顔も検めた。

死んでいる侍たちの中に、知っている顔はなかった。

俺の知っている秩父忍びではない……。

左近は、陽炎、小平太、烏坊、猿若、蛍の顔を思い浮かべた。
秩父忍びは、俺たちの知っている者たちの他にもいるのか……。
それとも、陽炎たち秩父忍びに何かが起きたのか……。
左近は、想いを巡らせた。
何れにしろ、托鉢坊主たち伊賀忍びは、秩父忍びの存在を知ったのだ。
で、どうする……。
左近は、托鉢坊主たち伊賀忍びの出方を読もうとした。
傷を負った托鉢坊主は、不忍池の畔の香心寺に戻ったかもしれない。
長居は無用だ……。
左近は、血の臭いに満ちた武家屋敷を後にした。

不忍池、香心寺は山門を閉じていた。
左近は、香心寺の土塀を跳び越えて境内に忍び込んだ。
香心寺の境内には誰もいなかった。
左近は、本堂、方丈、庫裏に忍びの者の気配を探した。
だが、忍びの者の気配は何処にも窺えなかった。

左近は、本堂、方丈、庫裏の中を探った。

香心寺の何処にも托鉢坊主たち伊賀忍びはいなく、住職の宗念と寺男の万助の姿もなかった。

宗念と万助も伊賀忍びであり、托鉢坊主から事の次第を聞き、逸早く姿を消したのだ。

左近は読んだ。


「秩父忍び……」

嘉平は眉をひそめた。

「ああ。伊賀忍びに襲われ、向島の武家屋敷にいた侍姿の者がそう云って息絶えた……」

左近は頷いた。

「して、その秩父忍びだと云う者共に知っている奴はいなかったんだな」

「うむ……」

「で、頭領は秩父刑部か……」

「うむ。秩父忍びの頭領、秩父幻斎は秩父忍びのすべてを陽炎に託して滅び去った。その幻斎と何らかの拘わりがある者やも知れぬ……」

左近は告げた。

「秩父刑部と秩父幻斎か……」

「うむ。陽炎たちとは別の秩父忍びだと知らぬ伊賀者は、陽炎たちと同じ秩父忍びだと睨み、秩父に急ぐかもしれぬ……」

「左近、此のままにしておいていいのか……」

嘉平は、心配を滲ませた。

「うむ。陽炎なら秩父刑部を名乗る者に心当たりがあるかもしれぬ……」

左近は読んだ。

「うむ……」

「よし、父っつあん。俺は秩父に走る」

左近は告げた。

「ああ。後は引き受けた」

「ならば……」

左近は、嘉平の葦簀掛けの屋台を出た。

月は蒼く輝いていた。

左近は、周囲に忍びの者の気配がないのを見定め、蒼く輝く月を見上げた。

此のまま秩父に走る……。

そうすれば、明日の夜には秩父に入り、陽炎、小平太、烏坊、猿若、蛍に逢い、秩父刑部の事を訊く事が出来る。

それに、伊賀者が秩父に向かっているなら猶予はないのだ。

左近は、微かな焦りを覚えた。

今から追い、伊賀者との距離を少しでも詰める……。

もし、追い着けば、伊賀者の出方によっては皆殺しにする迄だ。

よし……。

左近は、神田川に架かっている昌平橋を渡り、外濠沿いの道を北西に走り始めた。

夜の闇は切り裂かれ、渦を巻いて背後に流れた。

左近は、久し振りに秩父に走る足が軽く思えた。

夜風は爽やかで心地よかった。

四

石神井、所沢、入間……。

左近は走り、跳び、闇を巻いて夜道を進んだ。

入間を出たところで夜が明けた。

左近は、入間界隈に伊賀者の足取りを探した。

昨夜遅く、雲水の一行が通り過ぎた……。

左近は、土地の者の噂を聞いた。

雲水の一行は、怪鳥が低く飛ぶかのように黒い衣を翻して通り過ぎて行った。

伊賀者……。

左近は、雲水一行を伊賀忍びだと睨んだ。

昨夜遅く通ったのなら、既に飯能を抜けている筈だ。

雲水一行は秩父に行く伊賀忍びの一部であり、その周囲に姿を隠して進む伊賀者たちがいるのだ。

左近は読み、飯能に入った。

飯能の往来には、土地の者たちと僅かな旅人が行き交っていた。

左近は、辺りに注意を払いながら進んだ。

伊賀忍びの一行の殿（しんがり）は、背後を警戒しながら進んでいる筈だ。

左近は、足早に進んだ。

殺気が襲った。

いた……。

左近は、殺気が往来の先にある六地蔵（ろくじぞう）から放たれたと睨み、猛然と走った。

六地蔵の陰から二人の忍びの者が現れ、左近に十字手裏剣を投げた。

伊賀忍びだ……。

左近は、十字手裏剣を躱（かわ）し、二人の伊賀忍びに襲い掛かった。

二人の伊賀忍びは、襲い掛かる左近に忍び刀を抜いて応戦した。

左近は、無明刀を抜き打ちに放ち、伊賀忍びの一人を斬り棄てた。

残る伊賀忍びは、逃げようと身を翻した。

左近は、逃げる伊賀忍びに迫り、その背を蹴り飛ばした。

伊賀忍びは、草むらの中に前のめりに転がり倒れた。

左近は、倒れた伊賀忍びに無明刀を突き付けた。

伊賀忍びは、恐怖に震えた。

「秩父忍びの許に行くのか……」

左近は、伊賀忍びに問い質した。

「ああ……」

「頭は誰だ……」

「し、知らぬ……」

伊賀忍びは惚けた。

刹那、無明刀は煌めいた。

伊賀忍びは、恐怖に眼を瞠って凍て付いた。

無明刀は、伊賀忍びの頬を掠めて草むらに突き刺さった。

左近は、尚も伊賀忍びの顔の周囲に無明刀を閃かせた。

伊賀忍びは、恐怖の底に叩き込まれた。

「伊賀忍びの頭は誰だ……」

左近は囁いた。

「そ、宗念……」

伊賀忍びは、声を引き攣らせた。

「宗念、茅町は香心寺の住職の宗念か……」

左近は念を押した。

「ああ……」

伊賀忍びは頷いた。

「向島の武家屋敷を襲った托鉢坊主はどうした」

「小頭(こがしら)の浄海(じょうかい)なら手傷を負ったが、宗念さまと一緒だ」

「そうか。して、秩父忍びには何用あって行くのだ」

「知らぬ……」

伊賀忍びは、嗄(しゃが)れ声を震わせた。

「惚(とぼ)けると命はない……」

左近は苦笑した。

「本当だ。俺はお頭たちの殿(しんがり)、後ろから来る怪しい者を警戒するのが役目。詳しい事は本当に知らないのだ。信じてくれ」

伊賀忍びは、恐怖に震えて必死に訴えた。

嘘偽りはない……。

左近は見定めた。

「よし。ならば、お前の名を教えて貰おう」

「才蔵(さいぞう)だ……」

伊賀忍びは、嗄れ声で名乗った。

「よし。才蔵、殿の役目をしくじったと報せるか、惚けるか。そいつはお前の勝手だ。ではな……」

左近は、無明刀を鞘(さや)に納めて立ち去った。

伊賀忍びの才蔵は起き上がり、草むらに座り込んで呆然(ぼうぜん)とした面持(おもも)ちで見送った。


空は蒼く、風は吹き抜けた。

左近は、飯能を走った。

秩父に向かっている伊賀忍びの頭は宗念、小頭は浄海……。

秩父忍びの陽炎たちに逢って何をするつもりなのか……。

大目付水野義信と目付北原主水正の闇討ちを命じた者が誰か、突き止めるつもりなのだ。

だが、左近の知る限り、闇討ちをした秩父忍びは陽炎たちではなく、秩父刑部と名乗る頭領を戴く秩父忍びなのだ。

伊賀忍びの宗念たちはそれを知らず、陽炎たち秩父忍びを攻め立てる。

そうはさせない……。

左近は、飯能を抜けて正丸峠に登った。


正丸峠からは、横瀬川の流れと武甲山、そして秩父が眺められた。

子供の頃から駆け廻った野山……。

左近は、微かな懐かしさを覚えた。

しかし、今は懐かしさに浸っている時ではないのだ。

伊賀忍びは既に秩父に入り、陽炎たち秩父忍びの館を探しているのかもしれない。

よし……。

左近は、峠にある古い小さな祠の土台の下から狼煙を取り出し、打ち上げた。

狼煙は黄色く、蒼穹にゆっくりと昇った。

左近は、眩し気に眼を細めて眺めた。

黄色い狼煙は、蒼穹(そうきゅう)に昇って四方に散って消え去った。

よし……。

左近は、正丸峠を駆け下りた。


秩父忍びの陽炎の実家は、地侍(じざむらい)の屋敷の構えだった。

正面には長屋門(ながやもん)があり、両横と背後には土塀が廻され、その上には茨(いばら)が隙間なく植え込まれていた。

広い土間に百姓娘が入って来て、続く囲炉裏(いろり)のある板の間を窺った。

「陽炎さま……」

百姓娘は、板の間に向かって小さく呼び掛けた。

「蛍か……」

板の間の囲炉裏の向こうに陽炎が現れた。

「はい……」

百姓娘は、秩父忍びの蛍だった。

「どうした」

「今、正丸峠から狼煙があがりました」

「狼煙……」

陽炎は訊き返した。

「はい。黄色い狼煙が……」

「黄色い狼煙……」

陽炎は眉をひそめた。

黄色い狼煙は、危険を報せるものだった。

「はい。で、小平太さんが烏坊や猿若と結界を張りました」

蛍は報せた。

「そうか……」

陽炎は頷いた。

「陽炎さま、誰が狼煙をあげたのでしょう」

蛍は尋ねた。

「うむ……」

正丸峠の古い小さな祠に狼煙が隠してあるのを知っているのは、いつも助け合っている猟師や百姓、そして秩父忍びに拘わりのある者たちだけだ。

勿論、日暮左近もその一人だ。

「ひょっとしたら左近さまかも……」

蛍は読んだ。

それは、陽炎の胸の内を読んだ事でもあった。

「蛍。もし、左近が黄色の狼煙をあげたのなら、それだけ危険は大きいという事だ」

陽炎は読んだ。

「は、はい……」

蛍は、厳しい面持ちで頷いた。

「よし。蛍、子供たちを連れて奥の護りに就け……」

陽炎は命じた。

「はい。心得ました」

奥の護りとは、陽炎たちが育てている秩父忍び縁の孤児たちを護る事だ。

蛍は、陽炎の許から立ち去った。

「左近が来る程の敵か……」

陽炎は、厳しさを滲ませた。

秩父忍びの総帥館は、雑木林に囲まれて静寂に覆われていた。

小平太は、十四、五歳になった秩父忍び見習いの寅太、佐七、七郎、飛鷹たちに館の結界を張らせ、己は大屋根から周囲を見張った。

そして、烏坊と猿若に館の外を警戒させた。


烏坊と猿若は、里を廻って不審な者を探した。だが、里に不審な者は見えなかった。

烏坊と猿若は、秩父忍びの館に続く一本道に忍んだ。

「それにしても烏坊、狼煙は誰があげたのかな……」

「猿若。ひょっとしたら、左近さまかもしれないな」

「烏坊もそう思うか……」

「ああ。だが、左近さまが江戸から来たとなると、かなり手強い相手と云える」

烏坊は読んだ。

「ああ。どんな奴らなのか……」

猿若は、小さく武者震いをした。

「猿若……」

烏坊は、やって来る人の気配を感じて身構えた。

猿若は、素早く木の梢に跳んだ。

老猟師の弥平が、猟銃を背負ってやって来た。

「弥平の父っつあん……」

烏坊は、構えを解いた。

弥平は、昔から秩父忍びと助け合って暮らして来た老猟師だ。

「おお、烏坊……」

弥平は立ち止まった。

「どうかしましたか……」

「うん。妙な雲水たちが里に来たぞ」

弥平は報せた。

「妙な雲水たち……」

烏坊は戸惑った。

「ああ。怪しい坊主共だ」

弥平は、白髪眉をひそめて告げた。

「分かりました。弥平の父っつあんは帰って下さい。報せてくれて助かりました」

烏坊は、弥平が巻き込まれるのを恐れ、礼を述べた。

「そうか。ま、気を付けてな……」

老猟師の弥平は、皺だらけの顔に心配を滲ませて帰って行った。

「猿若……」

烏坊は、木の梢に忍んだ猿若に声を掛けた。

「ああ。怪しい坊主共、何処かの忍びだろう」

猿若は、梢に忍んだまま読んだ。

「うむ……」

「烏坊……」

猿若は、緊張した声で囁いた。

烏坊は、茂みに素早く忍んだ。

刻が過ぎた。

小鳥の囀りが飛び交った。

二人の雲水が一本道をやって来た。

小鳥の囀りが消えた。

忍び……。

烏坊と猿若は、二人の雲水が忍びの者だと睨んだ。

二人の雲水は、辺りを警戒しながらやって来た。

「待て……」

烏坊は、茂みに忍んで声が反対側の雑木林から聞こえるように呼び止めた。

秩父忍び木霊返し(こだまかえし)の術だ……。

二人の雲水は立ち止まり、声のした方に向かって身構えた。

「何処に行く……」

烏坊は問い質した。

「旅の雲水だ。此の先に寺があると聞いて来たのだが……」

二人の雲水は、錫杖を握り締めて辺りを警戒した。

「此の先に寺などない。早々に戻るのだな」

烏坊は苦笑した。

「黙れ……」

二人の雲水は、烏坊の声の聞こえて来る雑木林に十字手裏剣を放った。

十字手裏剣は、雑木林の茂みに吸い込まれて消えた。

静寂が訪れた。

二人の雲水は、錫杖を構えた。

刹那、二人の雲水の背後の雑木林の茂みから鳥の羽ばたく音がした。

二人の雲水は振り返った。

烏坊が黒い大きな鳥のように翼を広げ、二人の雲水に飛び掛かった。

二人の雲水は顔を蹴られ、饅頭笠を飛ばされて仰向けに倒れた。

猿若が木の梢から倒れた二人の雲水に飛び掛かり、素早く当て落とした。

二人の雲水は、気を失った。

烏坊と猿若は、気を失った二人の雲水を縛り、頭から顔に黒い布袋を被せた。

「よし……」

烏坊と猿若は、二人の雲水を雑木林に担ぎ込んだ。

小鳥の囀りが響き始めた。


洞窟には水が湧き、岩壁は濡れていた。

烏坊と猿若は、二人の雲水を担ぎ込んだ。

「烏坊、俺は見張りを続ける」

「承知。素性を吐かせてやる」

烏坊は頷いた。

猿若は、洞窟から走り出て行った。

烏坊は、一人の雲水の顔に湧き水を浴びせた。

黒い袋越しに顔に水を浴びせられた雲水は、呻いて気を取り戻した。

「何処の忍びだ……」

烏坊は、気を取り戻した雲水の首に苦無の刃を押し付けた。

「し、知らぬ……」

雲水は、黒い袋を被せられた顔を仰け反らせて震えた。

「惚けるのなら、死んでもらう……」

烏坊は、小さく笑って苦無を引いた。

雲水の首には、血が赤い糸のように浮かんだ。

黒い布袋を被せられた雲水は、何も見えない闇の中で恐怖に叩き込まれた。

「伊賀だ。伊賀忍びだ……」

雲水は、恐怖に声を引き攣らせた。

「伊賀忍び……」

「ああ……」

「伊賀忍びが秩父に何用だ……」

「江戸での闇討ち、誰に頼まれての所業か問い質しに来た」

雲水は吐いた。

「江戸での闇討ち……」

烏坊は戸惑った。

「ああ……」

「何の事だ」

「秩父忍びが江戸で大目付と目付を闇討ちにした件だ……」

「何だと……」

烏坊は、思わぬ事を聞かされて驚いた。

「詳しく話せ」

烏坊は、雲水の首に再び苦無の刃を押し当てた。

洞窟の天井から滲み出した水滴が落ち、軽やかな音を響かせた。

秩父忍びの館に続く一本道は、雑木林の間にある。

左近は塗笠（ぬりがさ）を上げて、一本道の前に佇んで雑木林を窺った。

雑木林には、小鳥の囀りが飛び交っていた。

異変はない……。

左近は見定めた。

伊賀忍びは未だ踏み込んでいないのか、それとも狼煙を見た秩父忍びが結界を張って警戒しているのか……。

何れにしろ、異変は窺えない。

左近は、微かな安堵（あんど）を覚えて一本道に踏み込んだ。

小鳥の囀りは、一段と賑（にぎ）やかになった。


一本道の両側の雑木林は、小鳥の囀りが響いているだけだ。

よし……。

左近は、気配を消さずに一本道を進んだ。


誰か来る……。

木の梢から一本道を見張っていた猿若は、やって来る人の気配を察知した。

塗笠を被った武士が、一本道をやって来た。

猿若は、塗笠を被った武士の足取りと身の熟しを窺った。

見覚えがある……。

猿若は、思わず笑みを浮かべた。

刹那、武士は立ち止まり、塗笠を上げて猿若のいる木の梢を見上げた。

猿若は、木の梢から飛び降りた。

「猿若か……」

左近は、笑い掛けた。

「左近さま……」

猿若は、喜びを露(あら)わにした。

「どうやら護りは固めたようだな」

左近は読んだ。

「はい。左近さまの狼煙を見て……」

「そうか。して、陽炎たちに変わりはないか……」

「はい……」

「よし、ならば忍びは現れたか……」

「はい。雲水に扮(ふん)した忍びが二人。何処の忍びの者か……」

「伊賀忍びだ……」

左近は報せた。

「伊賀忍び……」

猿若は眉をひそめた。

「して、二人の伊賀忍び、どうした」

「捕えて三の洞窟に連れ込み、烏坊が責めて素性を吐かせようとしています」

「烏坊か……」

「はい……」

「よし。俺は館に行く。見張りを怠(おこた)るな」

左近は命じた。

「心得ました」

猿若は頷いた。

左近は、一本道の先にある秩父忍びの館に向かった。

雑木林には小鳥の囀りは賑やかに響き、吹き抜ける微風(そよかぜ)は心地良い懐かしさを感じさせた。

第二章　伊賀忍び

一

秩父忍びの館は表門を閉め、静けさに覆われていた。
左近は、表門の前に佇んで屋敷を眺めた。
屋敷を囲む土塀には結界が張られ、見張りの視線を感じた。
刹那、鋭い殺気が左近を襲った。
左近は跳び退いた。
棒手裏剣が続けざまに飛来し、左近のいた場所に突き刺さった。
「小平太、俺だ……」
左近は、塗笠をあげて顔を見せた。

表門が軋(きし)みを鳴らした。

左近は、開いた表門に向かった。

左近は、表門を潜った。

「左近さま……」

小平太が佇んでいた。

左近の背後の表門が閉まり、十四、五歳の少年たちが現れた。

左近は、少年たちを見廻した。

「左近さま、私や烏坊、猿若、蛍と同じ秩父忍び縁(ゆかり)の孤児です」

小平太は告げた。

「そうか。日暮左近だ……」

左近は、少年たちに笑い掛けた。

「寅太……」

「飛鷹……」

「佐七……」

「七郎です……」

少年たちは名乗った。

「宜(よろ)しく頼む。結界は己の気配や殺気を消し、草木や石となって張るのが肝要(かんよう)……」

左近は告げた。

「はい……」

寅太、飛鷹、佐七、七郎は、声を揃えて返事をした。

「よし。持ち場に戻れ」

小平太は命じた。

「はい……」

寅太、飛鷹、佐七、七郎は、素早く持ち場に戻って行った。

「未だ鍛え方が足らぬようです」

小平太は恥じた。

「いや。若いだけに力が入り過ぎているのだ」

左近は笑った。

「だったら良いのですが……」

小平太は苦笑した。

「して小平太、陽炎は……」

「はい。こちらです……」

小平太は、左近を屋敷の中に誘おうとした。

「小平太さん……」

烏坊が現れた。

「どうした、烏坊……」

「はい。あっ、左近さま……」

烏坊は、左近に気が付き、顔を輝かせた。

「伊賀者が吐いたか……」

左近は笑い掛けた。


秩父忍びの館の広間は、忍びの館らしからぬ明るい日差しに満ちていた。

「来たか……」

陽炎は、左近を迎えた。

「うむ……」

左近は座り、明るい広間を見廻した。

「明る過ぎるか……」

陽炎は心配した。

「いいや。刻(とき)は流れている。忍びも変わらねばならぬ」

左近は笑った。

「そうか……」

陽炎は安堵(あんど)した。

「お待たせ致しました」

小平太が、烏坊や蛍と茶を持って来て左近と陽炎に差し出した。

「おお、蛍。いつぞやは造作(ぞうさ)を掛けたな」

左近は、蛍に礼を述べた。

「いいえ。左近さまもお変わりなく、何よりにございます」

蛍は微笑(ほほえ)んだ。

「して左近、何用あって秩父に参った」

陽炎は、左近に怪訝(けげん)な眼を向けた。

「うむ。先(ま)ずは烏坊……」

左近は、烏坊を促した。

「は、はい。伊賀忍びが入り込みました」

烏坊は報せた。

「伊賀忍びが……」

陽炎、小平太、蛍は戸惑いを浮かべた。

「はい。江戸で大目付と目付が秩父忍びに闇討ちされ、秩父に探索に来たそうです」

烏坊は、雲水に扮した伊賀忍びを責めて訊き出した事を告げた。

「左近……」

陽炎は、左近にその件で江戸から来たのか尋ねた。

「うむ。闇討ちされた大目付は水野義信と目付は北原主水正、襲ったのは棒手裏剣を使う忍び……」

左近は告げた。

「棒手裏剣……」

陽炎は、厳しさを滲ませた。

「うむ。棒手裏剣を使う忍びは、筑波、熊野、大仙、秩父……」

「で、地の利からして我ら秩父忍びか……」

陽炎は苦笑した。

「うむ。して、伊賀忍びの小頭、托鉢坊主の浄海が配下を従えて忍び宿を襲撃し、潜んでいた忍びの者を秩父忍びだと見定めて皆殺しにし、誰に頼まれての闇討ちか、秩父迄(まで)訊きに来たようだ」

左近は告げた。

「左近、その忍び宿に潜んでいた忍び、本当に秩父忍びなのか……」

陽炎は尋ねた。

「うむ。辛(かろ)うじて息のあった忍びに尋ねたところ、秩父忍びだと名乗った」

左近は眉をひそめた。

「左近さま、その者に見覚えは……」

小平太は、左近を見詰めた。

「俺の知っている秩父忍びは、陽炎、小平太、烏坊、猿若、蛍だけだ」

左近は告げた。

「ならば、その忍びは秩父忍びの名を騙(かた)る偽者(にせもの)……」

烏坊は読んだ。

「だが、頭領の名を秩父刑部と云い残した……」

左近は、陽炎を見詰めた。

「秩父刑部……」

陽炎は眉をひそめた。

「うむ。知っているか……」

「いや。知らぬ……」

「知らぬか……」

「ああ。だが、昔、幻斎さまの甥(おい)で熊野に忍び修行に行った者がいる」

陽炎は告げた。

「幻斎さまの甥……」

「うむ……」

陽炎は頷(うなず)いた。

「名は……」

「刑部かどうかは分からぬ。だが、秩父忍びを名乗るとしたら、その者しかいない……」

陽炎は読んだ。

「成(な)る程(ほど)。秩父刑部、幻斎さまの甥かもしれぬか……」

左近は、小さな笑みを浮かべた。

「ならば左近、秩父刑部が何者かに頼まれて大目付の水野義信と目付の北原主水正を闇討ちしたか……」

「おそらくな。そして、公儀が伊賀忍びに探索を命じ、伊賀忍びの頭である香心寺の宗念が小頭の浄海たち配下を引き連れて秩父にやって来たのだろう」

左近は読んだ。

「我ら秩父忍びを討ち、大目付と目付の闇討ちを頼んだ者が誰か突き止める為か……」

陽炎は苦笑した。

「うむ……」

左近は頷いた。

「陽炎さま……」

小平太、烏坊、蛍は、陽炎の出方を窺った。

「幾ら秩父刑部と我らは違うと申しても、信じる相手ではあるまい」

陽炎は、冷ややかな笑みを浮かべた。

「では、伊賀者と……」

烏坊は、身を乗り出した。

「降り掛かる火の粉は振り払う迄だ」

陽炎は、不敵に云い放った。

「猿若に此の事を報せ、見張りに就け……」

小平太は命じた。

「心得ました。じゃあ……」

烏坊は、陽炎と左近に会釈をして広間から出て行った。

「では、私も子供たちを……」

蛍が続いた。

「よし。ならば小平太、館の護りを教えてもらおう」

左近は告げた。

「はい……」

小平太は頷いた。

「左近、一緒に伊賀忍びと闘ってくれるのか……」

陽炎は尋ねた。

「ああ。その為に来た……」

左近は笑い、小平太と共に広間から出て行った。

「左近……」

陽炎は、安堵の微笑みを浮かべ、広間に差し込む日差しの中に座り続けた。


秩父忍びの館は、本格的な警戒態勢に入った。

左近は、小平太と共に館の大屋根に上がり、四方を眺めた。

館には土塀と濠(ほり)が廻され、表門の前には一本道が続き、横手と裏には雑木林が広がっていた。

「東の表門には七郎、南の土塀内は佐七、北の土塀内に寅太、西の裏門内には飛鷹が忍び、結界を張っています」

小平太は告げた。

「出逢った頃のおぬしたちを思い出す。皆、良い若者になるだろう」

左近は微笑んだ。

「はい。して、正面の一本道と周囲の雑木林は烏坊と猿若が交代で見張りと見廻りをしています」

小平太は、正面の一本道を眺めた。

「両横と裏手の雑木林、烏坊と猿若の二人で大丈夫か……」

左近は懸念した。

「はい。いざという時には、私も駆け付ける手筈ですが、烏坊と猿若が雑木林の中にいろいろ罠を仕掛けており、容易に突破は出来ぬものかと……」

小平太は苦笑した。

「罠か。そいつは楽しみだな……」

左近は笑った。

「はい……」

小平太は頷いた。

左近は、館の表門に続く一本道を眺めた。

人影はなく、左右の雑木林に棲む小鳥や獣にも変わった様子はないようだ。

左近は見定めた。

伊賀忍びの宗念と浄海は、物見の二人の雲水が戻らないのをどう見るか……。

再び物見を放つのか、それとも一気に攻め寄せるのか……。

「よし。ならば小平太、私は里に下りて伊賀忍びの者共の出方を探って来るか……」

「それは、ありがたい……」

小平太は笑った。

「うむ。小平太は館の目配りを怠るな」

「心得ております」

小平太は頷いた。

「では な……」

左近は、館の大屋根を蹴って空に大きく跳んだ。


左近は、一本道を走った。

「左近さま……」

左の雑木林から猿若の声がした。

猿若は、木々の梢を飛びながら左近に話し掛けて来たのだ。

「伊賀忍びの出方を探ってくる」

左近は、走りながら告げた。

「お気を付けて……」

猿若の声が小さくなった。

それは、猿若が木々の梢に止まり、左近を見送った証(あかし)だった。

左近は、木々の梢伝いに飛んで走る自分と並び、話し掛けて来た猿若に感心した。

凄(すさ)まじい忍びになった……。

左近は苦笑し、一本道を駆け抜けて里に向かった。


百姓家(ひゃくしょうや)の軒先には猪(いのしし)や鹿の皮が干され、若い百姓が家の前を流れる小川で野菜を洗っていた。

左近が現れ、若い百姓に近付いた。

「やあ……」

左近は、若い百姓に声を掛けた。

「は、はい……」

若い百姓は、戸惑いを浮かべて立ち上がった。

「此方(こちら)は猟師の弥平さんの家だな」

「左様にございますが……」

「ならば、弥平さんはいるかな」

左近は尋ねた。

「いえ。お義父っつあんなら出掛けておりますが……」

「何処に……」

「さあ。お義父っつあんは、毎日山を歩き廻っていますから……」

若い百姓は、首を捻った。

「お前さん……」

若い百姓女が、背中の赤ん坊をあやしながら家から出て来た。

「お前、知っているのか……」

「お父っつあん、明光寺に妙な坊主共がやって来たと云っていたから、明光寺かも……」

若い百姓女は告げた。

「明光寺か……」

明光寺は、左近がいる頃から里外れにある無住の荒れ寺だった。

「はい……」

若い百姓女は、心配そうな面持ちで頷いた。

「そうか。邪魔をしたな……」

左近は、若い百姓夫婦に礼を云って里の外れの明光寺に向かった。

無住の荒れ寺明光寺は、雑木林と雑草の茂みに囲まれていた。

老猟師の弥平は、風向きを確かめ、猟銃の火縄に点火し、風下から明光寺の茂みの中を這い寄った。

明光寺の扉の無い本堂の前には、黒装束の伊賀忍びたちが警戒しているのが見えた。

やっぱり偽坊主、忍びの者だ……。

弥平は、明光寺に入った雲水一行を怪しみ、何をしているのか探りに来たのだ。

本堂から托鉢坊主が現れた。

忍びの者たちは、托鉢坊主の立つ回廊の下に集まった。

托鉢坊主は、忍びの者たちに何事かを命じた。

聞こえない……。

弥平は、僅かに這い寄った。

刹那、腹の下の小枝が折れて音を鳴らした。

托鉢坊主と忍びの者たちが振り返った。

拙い……。
弥平は、茂みに伏せた。
忍びの者たちは、弥平の潜む茂みに向かって来た。
此れ迄だ……。
弥平は、茂みに立ち上がった。
忍びの者たちは、飛び掛かろうとした。
次の瞬間、弥平が猟銃の引鉄を引いた。
猟銃が火を噴いた。
忍びの者の一人が弾かれたように飛ばされ、他の者は一斉に伏せた。
弥平は逃げた。
忍びの者たちは追った。

明光寺を囲む雑木林は揺れた。
弥平は、雑木林から転がるように逃げ出して来た。
伊賀忍びの者が追って現れた。
弥平は逃げた。

だが、雑草は弥平の老いた足を情け容赦なく引っ張った。
弥平は、雑草に足を取られて倒れた。
伊賀忍びの一人が、倒れた弥平に襲い掛かった。
刹那、飛来した棒手裏剣が、襲い掛かった伊賀忍びの胸に突き立った。
他の伊賀忍びの者は、立ち止まって身構えた。
左近が現れ、弥平を庇った。
「大丈夫か、父っつあん……」
左近は、弥平に笑い掛けた。
「ああ……」
弥平は頷き、手早く猟銃に弾を込め始めた。
伊賀忍びの者たちが、弥平を庇う左近に襲い掛かった。
左近は、襲い掛かる伊賀忍びの者を無明刀で真っ向から斬り下げた。
伊賀忍びの者は、額を鉢鉄ごと断ち斬られ血を振り撒いて斃れた。
凄まじい一太刀だった。
他の伊賀忍びの者たちは怯んだ。
「父っつあん、逃げるぞ……」

左近は、弥平を促した。

「合点だ……」

弥平は、伊賀忍びに猟銃を撃った。

銃声が響き、伊賀忍びは伏せた。

左近と弥平は逃げた。


せせらぎは軽やかだった。

老猟師の弥平は、せせらぎの水を飲み、顔を洗って大きく息を吐いた。

「そうか。明光寺には得体の知れぬ坊主たちと忍びの者がいるか……」

左近は頷いた。

「ああ。で、お前さんは……」

弥平は、濡れた顔を手拭いで拭いながら左近に怪訝な眼を向けた。

「俺か、俺は日暮左近、秩父忍びに縁のある者だ」

左近は笑った。

「日暮左近か……」

「ああ……」

左近は頷いた。

「日暮左近ねえ……」

弥平は、まじまじと左近の顔を見た。

「どうかしたか……」

「いや。昔、秩父忍びに暴れ虎の大介って小僧がいてな」

弥平は、懐かしそうに告げた。

「暴れ虎の大介か……」

左近は苦笑した。

「ああ。随分前に死んだと聞いたが、お前さん、そいつに何処となく似ている……」

弥平は笑った。

「そうか。ま、此れ以上、余計な真似をすれば、忍びの殺し合いに巻き込まれる。騒ぎが納まる迄、大人しくしているんだな」

「ああ、云われる迄もねえ。助けてくれて礼を云うよ。じゃあな……」

弥平は、猟銃を抱えて立ち去った。

「気を付けてな、父っつあん。暴れ虎の大介だ……」

左近は、去って行く弥平に囁いた。

二

明光寺は静寂に沈んでいた。
左近は、明光寺を窺った。
殺気が微かに感じられた。
よし……。
左近は、冷笑を浮かべて本堂の回廊に跳んだ。
回廊の床板が鳴った。
殺気が背後から襲い掛かった。
左近は、咄嗟に扉の無い戸口から本堂に入った。
十字手裏剣が飛来し、左近のいた処に次々に突き刺さった。
本堂は薄暗かった。
左近は、戸口の脇に忍んだ。

薄暗い本堂の祭壇には、今にも崩れんばかりの古い不動明王が両眼を輝かせていた。
懐かしいお不動さん……。
左近は、不動明王に笑い掛けた。
刹那、本堂の天井から伊賀忍びが忍び刀を翳して飛び掛かって来た。
左近は、無明刀を抜き打ちに放った。
閃光が走った。
二人の伊賀忍びが倒れた。
左近は、容赦なく無明刀を唸らせた。
伊賀忍びは次々に倒れた。
だが、頭の宗念と小頭の浄海は、現れる事はなかった。
伊賀忍びの攻撃は途絶えた。
左近は、手傷を負って踠いている伊賀忍びを引き摺り起こした。
伊賀忍びは、苦しく呻いた。
「宗念と浄海は何処だ……」
左近は尋ねた。

「し、知らぬ……」

伊賀忍びは惚けた。

「惚けるところをみると、秩父忍びの館に行ったようだな」

左近は読んだ。

「知らぬ……」

「本当の事を教えに来たのだが、どうやら遅かったようだな」

「本当の事かどうか知らぬが、秩父忍びを皆殺しにすれば良い事だ」

伊賀忍びは吐き棄てた。

「哀れなものだ。皆殺しになるのは伊賀忍びだ……」

左近は、冷ややかに笑った。


秩父忍びの館を囲む雑木林には、小鳥の囀りが賑やかに飛び交っていた。

館に続く一本道に人影はなかった。

烏坊は、大木の梢から見張っていた。

小鳥の囀りは、変わらずに続いた。

異変はない……。

烏坊は、一本道の見張りを続けた。

猿若は、大木の梢伝いに飛び、雑木林の見廻りをしていた。

小鳥の囀りが消えた。

猿若は、大木の梢に忍び、雑木林の茂みを透かし見た。

数人の忍びの者が、木陰伝いに茂みを進むのが見えた。

伊賀忍びが来た……。

猿若は、大木の梢から忍び寄る伊賀忍びを見守った。

伊賀忍びは、秩父忍び館の横手の土塀に向かっていた。

猿若は、伊賀忍びの行く手の左の茂みに木の枝を投げ込んだ。

茂みが揺れた。

伊賀忍びは、揺れた茂みに十字手裏剣を一斉に投げ込んだ。

茂みは激しく揺れた。

伊賀忍びは、忍び刀を抜き一斉に揺れた茂みに走った。

次の瞬間、伊賀忍びたちは、茂みの中に消えた。

猿若は笑った。

伊賀忍びは、猿若と烏坊の仕掛けた落とし穴に落ち、底に植えてあった槍の穂先で足腰を傷付けられて呻いた。

落とし穴は、雑木林の各所に掘られている。

伊賀忍びは、落とし穴に落ち、足腰を傷付けられて満足に闘えなくなる。

少ない人数で大勢と闘う時は、敵に止めを刺すより戦闘力を奪って離脱させ、己の力を温存するのが肝要……。

猿若は、左近の教えを守り、落とし穴から這い上がる伊賀忍びに棒手裏剣を放った。

伊賀忍びは倒れた。

猿若は、大木の梢を飛んで移動した。


小鳥の囀りは消え、数人の伊賀忍びが秩父忍びの館に忍び寄っていた。

猿若は、大木の梢から見守った。

伊賀忍びは、辺りを警戒し、枯葉の積もる地面を足で探りながら進んだ。

一人の伊賀忍びが、地面に張られた細紐を引っ掛けた。

何本もの仕掛け矢が、両側の茂みから伊賀忍びたちに飛んだ。

伊賀忍びは、仕掛け矢を受けて倒れた。
猿若と烏坊が作った仕掛けは、今のところは上手(うま)く行っている。
猿若は、大木の梢を飛んで見廻りを続けた。

小鳥の囀りは消えた。
烏坊は、一本道を見据えた。
雲水の一行がやって来た。
来た……。
烏坊は見守った。
雲水の一行は、伊賀忍びの小頭の浄海たちだった。
烏坊は読み、烏の鳴き声をあげた。

烏の鳴き声が響いた。
烏坊の鳴き声……。
小平太は、館の屋根の上から表門の前の一本道を眺めた。
一本道を来る雲水たちが見えた。

伊賀忍び……。

小平太は見定め、表門内にいる七郎を見た。

七郎は、緊張した面持ちで一本道が見える覗き穴を窺い、屋根の上の小平太を見上げた。

小平太は、七郎に笑って見せた。

七郎は、笑い返そうとしたが、強張る頬はそれを許してくれなかった。

小平太は苦笑し、秩父忍びの館の屋根から大きく跳んだ。

烏坊は、大木の梢から見守った。

十人の雲水一行は、秩父忍び館の表門の前に立ち止まった。

「何者だ……」

表門の内側から問い質す声がした。

「伊賀忍びの浄海、秩父忍びのお館に逢いに参った。早々に門を開けられよ」

小頭の浄海は告げた。

表門が軋みを鳴らして開いた。

小平太が佇んでいた。

「秩父忍び影ノ森の小平太。伊賀忍びの浄海どのが何用かな……」

小平太は、饅頭笠を被った雲水たちを見廻した。

「秩父忍びのお館は……」

「おいでになるが、用件が分からぬ限り、お逢いにならぬ」

小平太は云い放った。

「何だと……」

配下の雲水たちが熱り立った。

「慌てるな……」

浄海が配下を制し、饅頭笠を取りながら進み出た。

「大目付の水野義信と目付の北原主水正闇討ちを秩父忍びに依頼したのは何処の誰か、教えてもらおう」

浄海は、小平太を見据えて告げた。

「さあて。我ら秩父忍びは、そのような依頼、誰からも受けてはおらぬ」

小平太は告げた。

「惚けるか……」

浄海は、怒りを過らせた。

「惚けるも何も、知らぬ事は知らぬ……」

小平太は苦笑した。

「秩父忍び、僅かな人数の滅びゆく忍びだと聞く。我ら伊賀忍びに刃向かい、命永らえられると思うか……」

浄海は脅し、嘲笑した。

「伊賀忍びこそ、疾うの昔に滅んだと聞いている。おぬしたちは成仏出来ぬ亡霊かな」

小平太は笑い掛けた。

「黙れ……」

浄海は、小平太に錫杖を振るった。

錫杖の石突が鎖を引いて飛び出した。

小平太は、飛来する石突を真上に跳んで躱した。

刹那、七郎が表門内から弩の矢を射た。

浄海は、咄嗟に躱した。

背後にいた雲水が、弩の矢を胸に受けて倒れた。

七郎は、素早く表門を閉めた。

小平太は、表門前に着地して忍び刀を抜き放った。

雲水たちが饅頭笠と衣を投げ棄て、忍び姿となって小平太に十字手裏剣を放った。

小平太は、素早く手盾を構えた。

十字手裏剣は、小平太の手盾に音を鳴らして突き刺さった。

伊賀忍びは、忍び刀を抜いて小平太に殺到した。

次の瞬間、鳥の鳴き声が響き、伊賀忍びの背後に大鳥が飛来した。

浄海たち伊賀忍びは怯んだ。

烏坊は、宙を滑空しながら棒手裏剣を連射した。

三人の伊賀忍びが倒れた。

烏坊は、小平太や浄海たち伊賀忍びの頭上を滑空し、秩父忍び館の表門の屋根に飛び下りた。

烏坊は、大木の梢から表門の屋根に結んだ髪で編んだ紐に滑車を掛けて宙を滑空して来たのだ。

「おのれ……」

伊賀忍びが、烏坊に十字手裏剣を放った。

烏坊は、宙に飛んで十字手裏剣を躱し、伊賀忍びの頭を鋭く蹴り飛ばした。
頭を蹴り飛ばされた伊賀忍びは昏倒した。
烏坊は、浄海たち伊賀忍びの背後に飛び下りた。
浄海たち伊賀忍びは、小平太と烏坊に前後を挟まれた。
小平太は、浄海たち伊賀忍びに鋭く斬り掛かった。
伊賀忍びたちは、咄嗟に小平太と斬り結んだ。
烏坊は、背後から飛び掛かって忍び刀を閃かせた。
二人の伊賀忍びは仰け反り、血を振り撒いて倒れた。
残る三人の伊賀忍びは怯んだ。
小平太がその隙を突き、斬り棄てた。
残るは浄海、只一人……。
小平太は、浄海と対峙した。
「おのれ……」
浄海は、錫杖の鎖に結んだ分銅を廻した。
「後は引き受けた」
小平太は、浄海と対峙しながら烏坊を促した。

「心得た」
烏坊は、雑木林に飛んだ。
「此れ迄だ、浄海……」
小平太は、浄海を厳しく見据えた。
「黙れ……」
浄海は、錫杖に仕込んだ分銅を廻しながら小平太に迫った。
分銅は錫杖から鎖を伸ばし、唸りをあげて廻った。
小平太は、忍び刀を構えて後退し、間合いを保った。
浄海は、分銅を廻しながら間合いを詰めた。
小平太は後退し、間合いを保った。
浄海は、嘲(あざけ)りを浮かべて間合いを詰めた。
刹那、小平太は鋭く踏み込んで苦無(くない)を投げた。
浄海は、咄嗟に分銅で苦無を叩き落として体勢を崩した。
次の瞬間、小平太は忍び刀を煌(きら)めかせて浄海に体当たりをした。
小平太の忍び刀は、浄海の腹を貫いた。
浄海は眼を瞠(みは)り、棒立ちになった。

鎖と分銅が地面に落ちた。

「お、おのれ、秩父忍び……」

浄海は、顔を醜く歪めた。

「迷わず成仏しろ……」

小平太は浄海の腰に足を掛けて、腹を貫いている忍び刀を引き抜いた。

忍び刀が抜かれた浄海は、血を振り撒いて仰向けに斃れた。

小平太は息を吐いた。

「小平太さま……」

七郎が飛び出して来た。

「七郎、此の事を陽炎さまにお伝えしろ」

小平太は命じた。

「心得ました」

七郎は、表門を潜って館に走った。

小平太は、静かな一本道を眺めた。

血の臭いが漂い、小鳥の囀りはなかった。

猿若と烏坊が、館を囲む雑木林の何処かで伊賀忍びと殺し合っているのだ。

小平太は、表門の警戒に就いた。

「そうか、正面の敵は、小平太と烏坊が叩き潰したか……」

陽炎は、明るい広間で七郎の報せを受けた。

「はい。それで、烏坊さんは猿若さんの護る雑木林に行きました」

七郎は告げた。

伊賀忍びは、館の正面だけではなく、両側、裏手の雑木林から攻めて来る筈だ。

雑木林は、猿若や烏坊にとっては我が家の庭同然だ。

人数は少なくても地の利はある……。

「よし。分かった。持ち場に戻れ」

陽炎は、七郎に命じた。

「はっ……」

七郎は、広間を出て表門に戻ろうとした。

「七郎……」

陽炎は呼び止めた。

「はい……」

「無理はするなよ」

陽炎は告げた。

「はい。心得ております」

七郎は頷き、広間から出て行った。

陽炎は、七郎を見送りながら小平太、烏坊、猿若の子供の頃を思い出した。

立派な秩父忍びになってくれた……。

陽炎は微笑んだ。


裏門の土塀の内には、飛鷹が忍んで結界を張っていた。

「変わりはないか……」

烏坊が現れた。

「烏坊さま……」

飛鷹は、緊張した面持ちで烏坊を迎えた。

「猿若から繋ぎはあったか……」

「いいえ……」

「そうか……」

猿若から繋ぎがないのは、未だ危険が迫っていない証だ。

「よし。引き続き、護りを怠るな」

烏坊は、地を蹴って土塀の外の雑木林に飛んだ。


裏門外の雑木林は静けさに満ちていた。

烏坊は、大木の梢に烏のように止まり、雑木林内に殺気や不審な気配を探した。

雑木林の奥に微かな殺気が湧いていた。

烏坊は、木々の梢を飛んで殺気の湧いている処に向かった。


猿若は茂みに忍び、忍び寄る伊賀忍びを待ち構えていた。

伊賀忍びは、表門を小頭浄海たちに攻めさせて秩父忍びを引き付け、裏門から館に侵入する企てだった。

伊賀忍びは忍び寄った。

茂みから弩の矢が飛来し、先頭にいた伊賀忍びが倒れた。

他の伊賀忍びが、弩の矢の飛来した茂みに一斉に十字手裏剣を投げた。

茂みは、多くの十字手裏剣を受けて葉を散らせ、結んであった紐が切られた。

裏門の土塀と伊賀忍びの間の木々の梢から無数の撒き菱が撒き散らされた。

「おのれ……」

伊賀忍びは、行く手を塞がれて苛立った。

殺気が巻き上がった。

刹那、猿若が現れ、獣のように茂みを走り、木々を跳び渡りながら伊賀忍びに棒手裏剣を投げた。

数人の伊賀忍びが、棒手裏剣を受けて次々に倒れた。

伊賀忍びは、慌てて十字手裏剣を猿若に投げた。だが、猿若の動きは速く、伊賀忍びの十字手裏剣は虚しく空を切った。

猿若は、木の梢に駆け上がって息を整えた。

伊賀忍びの一人が、木の梢にいる猿若に跳び掛かった。

刹那、烏坊が大烏のように飛来し、猿若に跳び掛かった伊賀忍びに苦無を閃かせた。

伊賀忍びは、血を撒いて地面に落ちた。

烏坊は、大木の梢に止まった。

「疲れたか……」

「まだまだこれからだ……」

猿若は苦笑した。

「よし、行くぞ……」

烏坊は、雑木林の梢に縦横に張り巡らせてある細綱を走り、飛び、眼下の伊賀忍びを襲った。

伊賀忍びは、烏坊の頭上からの攻撃に狼狽え、怯んだ。

猿若は、忍び刀を抜いて木の梢から飛び降り、走り、転がり、跳んで伊賀忍びに襲い掛かった。

伊賀忍びは、烏坊と猿若に翻弄、蹂躙されて次々に倒された。


「おのれ……」

伊賀忍びの万助は、猿若と烏坊の巧みな攻撃に蹂躙される仲間に苛立った。

「落ち着け、万助。今の内に館に忍び込む」

伊賀忍びの頭の香心寺の宗念は、寺男を務めていた万助を制した。

「は、はい……」

万助は頷いた。

宗念と万助は、裏土塀と北の土塀の角から秩父忍びの館に忍び寄った。

裏門を護る飛鷹と北の土塀に結界を張る寅太は、烏坊と猿若の伊賀忍びとの闘いに気を取られ、宗念と万助の侵入に気が付かなかった。


宗念と万助は、秩父忍びの館に忍び寄った。

秩父忍びは、少ない人数で護りに就いており、館の敷地内の警戒は手薄だった。

宗念と万助は、館の中に忍び込んだ。

三

秩父忍びの館は日差しに溢(あふ)れていた。

宗念と万助は、長い廊下を進んだ。

窓や縁側のない長い廊下は、正面からの日差しに眩(まぶ)しい程に明るかった。

「頭……」

万助は、戸惑いを浮かべた。

「突き当たりに鏡を置き、陽の光を取り込んでいるのだ……」

宗念は読んだ。

「成る程……」

万助は頷いた。

「明るい忍び館か……」

宗念は苦笑し、日差しの差し込んでいる廊下に進んだ。

万助は続いた。


宗念と万助は、明るく長い廊下を抜けた。

陽が翳った。

万助は、明るく長い廊下を振り返った。

長い廊下は暗い闇になっていた。

万助は、微かに狼狽えた。

「只の忍びの館ではないな……」

宗念は眉をひそめた。


宗念と万助は進んだ。

そして、板戸の前に辿り着いた。

「頭……」

万助は、宗念に出方を窺った。

「うむ……」

宗念は頷いた。

万助は、板戸を僅かに開けて覗いた。

明るい広間が見えた。

「開けろ……」

宗念は命じた。

万助は、板戸を開けて忍び込んだ。

宗念が続いた。

広間は、日差しに溢れていた。

宗念と万助は、戸口に忍んで広間を見廻した。

「伊賀忍びの宗念か……」

忍び姿の陽炎が広間の奥に現れた。

「お前は……」

宗念は尋ねた。

「秩父忍びの陽炎……」

陽炎は告げた。

「秩父忍びのお館はくノ一だという噂を聞いていたが、本当だったか……」

宗念は笑った。

「宗念、我ら秩父忍びは、大目付水野義信や目付の北原主水正の闇討ちを依頼されていないし、引き受けた覚えもない……」

陽炎は苦笑した。

「ならば、二人を闇討ちにした棒手裏剣を使う秩父忍びは何処の秩父忍びだ」

宗念は訊いた。

「我らの知らぬ秩父忍び、秘かに名を騙る偽者と云えよう」

「陽炎、その場凌（しの）ぎの嘘偽りは許さぬぞ……」

宗念は、陽炎を厳しく見据えた。

「宗念、そいつを云える立場かな……」

左近の声が天井から響いた。

宗念と万助は身構えた。

左近……。

陽炎は笑った。

「香心寺の住職宗念と寺男の万助、江戸の下谷から秩父の山にわざわざ死にに来たか……」

左近の声は、冷徹に響いた。

「黙れ……」

万助は、必死に声を震わせた。

宗念は、声の主が江戸のはぐれ忍びだと気が付き、天井を窺った。

「小頭の浄海と配下の伊賀忍びの多くは、既に滅び去った。頭の宗念だけが生き永らえる訳にはいくまい。一刻も早く配下の許に行き、引導を渡してやるが良い。そいつが坊主の勤めだ……」

左近は笑った。

「おのれ……」

宗念は、怒りに震えた。

「宗念……」

左近が、陽炎の傍に現れた。

宗念と万助は身構えた。

「大人しく江戸に戻り、秩父刑部なる忍びを探すのだな」

左近は告げた。

「秩父刑部……」

宗念と万助は眉をひそめた。

「うむ。おそらく、秩父刑部が大目付水野義信と目付の北原主水正を闇討ちした秩父忍びを名乗る奴だ」

左近は笑った。

「その証はあるのか……」

「宗念、そこ迄、甘えるか……」

左近は苦笑した。

「何……」

「甘えるのなら、命を貰う迄……」

左近は、無明刀の鯉口(こいぐち)を切った。

「おのれ……」

万助は、忍び刀を抜いて左近に跳び掛かった。

左近は、跳び掛かった万助の忍び刀を奪い、蹴り飛ばした。

万助は、大きく背後に飛ばされて板壁に叩き付けられた。

左近は、万助から奪った忍び刀を投げた。

忍び刀は万助に飛び、恐怖に引き攣った顔の横の板壁に突き刺さって胴震いした。

万助は、恐怖に蒼ざめた顔を醜く歪めていた。

宗念は立ち竦んだ。

「宗念、万助たち生き残った配下の伊賀忍びを纏め、早々に秩父から引き上げるが良い」

左近は、縁側の外の庭を指し示した。

「わ、分かった。万助……」

宗念は、万助を促して庭に下り、足早に立ち去った。

左近は見送った。

「左近……」

陽炎は、安堵を浮かべた。

「陽炎、相手は狡猾な宗念だ。大人しく云う通りにするかどうか……」

左近は苦笑した。

「ならば……」

「見届ける。陽炎は小平太、烏坊、猿若に此の事を報せ、後始末をして護りを固めるんだな……」

「承知……」

陽炎は頷いた。

「では な……」

左近は、宗念と万助を追った。

陽炎は、左近を見送った。


荒川は緩急自在の顔を見せて流れていた。

左近は、荒川沿いを長瀞に走る宗念と万助を追った。

宗念と万助は、荒川左岸長瀞の岩畳に進んだ。

長瀞の岩畳には、既に十人程の伊賀忍びが来ていた。

左近は、岩陰に忍んで見守った。

伊賀忍びの殆どの者は傷付いており、無傷の者は僅かだった。

「戻ったのは、此れだけか……」

万助は、伊賀忍びを見廻した。

「はい……」

「小頭の浄海はどうした」

宗念は尋ねた。

「影ノ森の小平太なる者に斃されました」

伊賀忍びは、悔し気に俯いた。

「影ノ森の小平太か……」

宗念は、怒りを過らせた。

「はい……」

「で、他の者たちは……」

「雑木林の梢を鳥のように飛ぶ忍びと、走り転がり木に駆け登る猿のような忍びに翻弄されて……」

「斃されたか……」

宗念は読んだ。

「はい。浄海さまに率いられた組の者は、無残に蹴散らされました」

伊賀忍びは頷いた。

「おのれ……」

宗念は、満面に怒りを浮かべた。

傷付き、仲間を失った伊賀忍びたちは、宗念を見詰めて出方を窺った。

「宗念さま……」

万助は眉をひそめた。

「此のまま尻尾（しっぽ）を巻けば、如何（いか）に秩父刑部の名を知ったところで、伊賀忍びの宗念の組は僅かな人数の秩父忍びに討たれ、追い返されたと蔑（さげす）まれるのは必定（ひつじょう）……」

宗念は、怒りを露（あら）わにした。

「ならば……」

「万助、お前は江戸に戻り、伊賀忍びの総帥服部道伯さまに秩父刑部の事を報せろ」

宗念は命じた。

「宗念さま……」

万助は慌てた。

「万助、手傷を負った者共を連れて江戸に戻れ。儂(わし)は残り、秩父忍びに斃された者共の恨みを晴らす」

宗念は、闘志を露わにした。

「は、はい……」

万助は頷いた。

「一緒に闘う者は残れ。他の者たちは万助と江戸に帰るが良い……」

宗念は、高揚感に声を震わせた。

左近は、岩の陰から見守った。

伊賀忍びの傷付いた者たちは、万助と岩畳から立ち去った。

宗念は、無傷の五人の伊賀忍びと見送った。

荒川の流れは緩(ゆる)く、刻が過ぎた。

さあて、どうする……。

五人の伊賀忍びを従えて秩父忍びの館を再び襲うのか、それとも一人ずつ狙うのか……。

左近は、宗念の出方を窺った。

「よし、行くぞ……」

宗念は、五人の伊賀忍びを促し、秩父忍びの館に向かった。

左近は、追い掛けようとした。

刹那、殺気が湧き上がった。

左近は、咄嗟に岩陰に隠れた。

宗念は、忍び刀を閃かせて二人の伊賀忍びを斬り倒した。

「宗念さま……」

残る三人の伊賀忍びは驚き、激しく狼狽(うろた)えた。

宗念は、容赦なく狼狽える配下の伊賀忍びを斬り棄てた。

どうした……。

左近は戸惑った。

宗念は、狼狽え逃げる最後の伊賀忍びを追い、袈裟(けさ)懸(が)けに斬り付けた。

伊賀忍びは、大きく仰け反って倒れた。

宗念は、五人の伊賀忍びを斬り棄て、忍び刀を鞘(さや)に納めた。

「さあて、何処に姿を隠すかな……」

宗念は笑った。

「宗念、馬脚を露わしたか……」

左近は、岩の上に現れた。

「おのれ……」

宗念は、現れた左近に驚いた。

「邪魔な配下の伊賀忍びは消し、己は一人姿を晦ます。汚い真似だな」

左近は、宗念の腹の内を読み、蔑むように笑った。

「黙れ……」

宗念は、顔を醜く歪めた。

「己の命を惜しみ、配下の者たちを亡き者にする外道の所業。忍びとして恥ずかしくはないのか……」

「所詮は忍び。人としての矜持も情も恥もなく、あるのは外道卑怯と罵られ、泥水を啜っても生き延びる意地だけだ」

宗念は、開き直ったように云い放った。

「宗念……」

左近は、腹立たしさを覚えた。

「見逃してくれ……」

宗念は懇願した。

「ならぬ……」

左近は拒否した。

「ならば、お前を斬って逃げる迄……」

宗念は身構えた。

「お前に騙されて死んだ伊賀忍びの無念、晴らしてくれる」

左近は、宗念と対峙した。

宗念は、忍び鎌を出し、鎖の先に付いた分銅を廻し始めた。

分銅は唸りを上げて煌めいた。

左近は、無明刀を抜いて構えた。

宗念は、忍び鎌の分銅を廻しながら左近に躙(にじ)り寄り、間合いを詰めた。

左近は、僅かに後退して間合いを保った。

宗念は、間合いを詰めて分銅を放った。

分銅の鎖が伸びた。

左近は跳び退いた。

宗念は、分銅を放ち続けた。
左近は、飛来する分銅を躱し続けた。
宗念は踏み込み、分銅を放った。
分銅は鎖を引き、身体を引いて分銅を躱し、無明刀を上段から斬り下げた。
左近は、身体を引いて分銅を躱し、無明刀を上段から斬り下げた。
伸びた鎖が両断され、分銅は飛び去り、宗念はよろめいた。
「おのれ……」
宗念は、忍び鎌を構えた。
左近は、岩畳の端に立ち、無明刀を頭上高く真っ直ぐに構え、眼を瞑った。
天衣無縫の構えだ。
隙だらけだ……。
宗念は苦笑し、忍び鎌を手にして左近に進んだ。
左近は、無明刀を頭上高く構えて微動だにしなかった。
宗念は、地を蹴り、左近に跳んで忍び鎌を投げた。
忍び鎌の刃が煌めいた。
剣は瞬速……。

無明斬刃……。
左近は、腰を僅かに沈めて無明刀を頭上から斬り下ろした。
宗念は、忍び刀を抜き放った。
無明刀は、飛来した忍び鎌を両断し、そのまま突き出された。
宗念は、忍び刀を構えたまま喉元を無明刀に貫かれた。
左近は、無明刀で宗念の喉元を貫いたまま残心の構えを取った。
宗念の手から忍び刀が落ちた。
左近は、無明刀を宗念の首から抜きながら跳び退いた。
宗念は、首から血を振り撒いて踏鞴を踏み、荒川の流れに倒れ込んだ。
水飛沫が煌めいた。
宗念は、虚ろな眼を瞠り、荒川をゆっくりと流れ始めた。
左近は、荒川を流れて行く宗念を冷徹に一瞥し、無明刀を一振りした。
無明刀の鋒から血が飛んだ。
荒川の流れは煌めいた。

「伊賀忍びの宗念、滅び去ったか……」

陽炎は、吐息を洩らした。

「うむ。配下の伊賀忍びを殺し、一人姿を消そうとしたので、討ち果たした」

左近は告げた。

「そうか……」

陽炎は頷いた。

「万助は伊賀忍びの総師に秩父刑部の事を報せに傷付いた者共と既に江戸に発った。此れで伊賀忍びに襲われる恐れはなくなった」

左近は、小平太、烏坊、猿若に笑い掛けた。

「はい……」

小平太、烏坊、猿若は頷いた。

「皆、見事な闘い振りだったな」

左近は誉めた。

小平太、烏坊、猿若は喜んだ。

「最早、私が来る必要はなさそうだ」

左近は笑った。

「そうかもしれぬな……」

陽炎は、笑みを浮かべた。

淋し気な笑みだった。

「して、私も江戸に戻る」

左近は告げた。

「左近、秩父忍びの仕業とされている闇討ちの始末と秩父刑部の行く末、どうなるか見定める為に小平太を連れて行ってくれ」

陽炎は頼んだ。

「うむ。ならば小平太……」

「はい。いつでも……」

小平太は頷いた。

「よし……」

左近は笑った。


左近は、陽炎、烏坊、猿若、蛍たちに見送られ、小平太と秩父を発って江戸に急いだ。

次はいつ帰って来られるか……。

左近は、過ぎ去っていく秩父の風景を眺めた。
いつの間にか秩父忍びに戻っている……。
左近は気が付き、苦笑した。
小平太は、黙々と先を急いでいた。
左近は、小平太に続いた。
秩父は遠ざかっていく……。

四

不忍池に夕陽が映えた。
香心寺は、暗く静けさに沈んでいた。
万助は、手傷を負った伊賀忍びを連れて香心寺に秘かに戻った。
秩父から戻った伊賀忍びは、傷の手当てをして香心寺に潜んだ。
万助は、宗念に代わって伊賀忍びの宿である香心寺を取り仕切った。
二人の托鉢坊主が、香心寺を訪れた。
「住職の宗念さまは、只今御本山（ごほんざん）に行っておりまして……」

万助は迎えた。

「万助、私だ……」

托鉢坊主は、饅頭笠を取って顔を見せた。

「あっ……」

万助は、短く声をあげた。

中年の托鉢坊主は、伊賀忍びの総帥の服部道伯だった。

「ならば方丈に……」

万助は慌てた。

「いや。此処で良い……」

服部道伯は、庫裏の囲炉裏端に座った。

「は、はい。では、茶を……」

万助は、囲炉裏に掛けてあった鉄瓶の湯で茶を淹れて服部道伯に差し出した。

「どうぞ……」

「うむ……」

服部道伯は、茶を啜った。

「して、秩父忍びは大目付の水野義信と目付北原主水正闇討ちを認め、誰からの依頼か白状したか……」

道伯は尋ねた。

「それが、闇討ちは秩父忍びではなく、秩父刑部と名乗る者たちの仕業だと……」

万助は報せた。

「秩父刑部……」

道伯は眉をひそめた。

「はい。それ故（ゆえ）、闇討ちが誰の依頼かなどは知らぬと……」

万助は告げた。

「そうか。それで、如何（いかが）致した」

「はい。秩父忍びの警戒は厳しく、我ら伊賀忍びは激しく打ちのめされて……」

万助は、悔し気に顔を歪めた。

「して、宗念は……」

「多くの者を死なせたのを恥じ、無傷の僅かな配下を従えて……」

「秩父忍びの館に斬り込んだか……」

道伯は読んだ。

「はい……」

万助は頷いた。

「そうか……」

道伯は、茶を飲んだ。

「お館さま、秩父刑部なる者、御存知ですか……」

万助は、道伯に訊いた。

「うむ。昔、知り合った一匹狼の忍びに、秩父忍び縁の者というのがいたが……」

「おそらく、その者にございましょう」

万助は読んだ。

「うむ……」

「その者の居場所、お分かりにございますか」

「いや。分からぬ。だが、その後、秩父忍び縁の忍びは、盗人(ぬすっと)になったと聞いた覚えがある」

道伯は告げた。

「ならば、盗賊共を締め上げれば……」

「見付かるやもしれぬ……」

「はい……」

「ならば軒猿(のきざる)……」

道伯は、控えていた背の高い托鉢坊主を呼んだ。

「はっ……」

軒猿と呼ばれた托鉢坊主は進み出た。

「聞いての通りだ。盗賊共を締め上げて、秩父刑部なる忍びの居場所を追ってみろ」

道伯は命じた。

「はっ、では……」

軒猿は頷き、庫裏から出て行った。

「よし。ならば万助、香心寺はお前に預ける。配下の者共の傷が癒(い)えたら秩父刑部を探させろ……」

道伯は命じた。

「心得ました」

万助は頷いた。

夕陽が庫裏に差し込んだ。

柳森稲荷は大禍時(おおまがとき)に覆われ、参拝客は途絶えた。

空き地は、既に露店も店仕舞いをして閑散としていた。

左近と小平太が現れ、辺りを窺った。

「左近さん……」

「うむ。不審な気配はないな」

左近は見定めた。

「はい……」

小平太は頷いた。

奥にある葦簀(よしず)掛(が)けの屋台には、小さな明かりが灯されていた。

左近は、葦簀掛けの屋台に向かった。

小平太は続いた。


「邪魔をする……」

左近と小平太は、葦簀を潜った。

「おう……」

主の嘉平が、二つの湯呑茶碗に酒を満たしていた。

「嘉平の父っつあん、暫くです」

小平太は、嘉平に挨拶をした。

「おう。連れがいると思ったら小平太か、逞しくなったな」

嘉平は、眼を細めた。

「そうですか……」

小平太は照れた。

「もう、凄腕の忍びだ……」

左近は笑った。

「うむ。烏坊や猿若も達者にしているか……」

「はい。お陰様で……」

「そいつは何よりだ。で、秩父に向かった伊賀忍びの始末は終わったか……」

嘉平は読み、左近と小平太に酒を満たした湯呑茶碗を差し出した。

「うむ。して、秩父刑部について何か分かったか……」

左近は尋ねた。

「ああ。秩父刑部らしい忍びが、昔、盗賊の一味にいたって噂があった」

嘉平は告げた。

「盗賊の一味……」

左近は眉をひそめた。

「ああ……」

「何という盗賊の一味にいたのかな」

「噂だ。そこ迄は分からない」

「ならば、噂の出処は……」

「小五郎の知り合いの、隙間風の五郎八って親爺でな。真っ当な盗人だ」

「真っ当な盗人……」

小平太は、戸惑いを浮かべた。

「押込み先の者を犯さず殺さず、必要な金だけを奪う。隙間風のようにいつの間にか忍び込んで消える本格の老盗人だ」

嘉平は苦笑した。

「本格ですか……」

小平太は、腑に落ちぬ面持ちで首を捻った。

「ああ。もっとも、盗人は盗人。真っ当も真っ当じゃねえもないがな」

嘉平は苦笑した。

「ええ……」

小平太は頷いた。

「して、盗人の隙間風の五郎八、家は何処だ」

左近は訊いた。

「家は分からねえが、濃い緑色の羽織を着て、浅草寺の境内で押し込む獲物を探している親爺だそうだ」

嘉平は告げた。

「浅草寺か……」

「ああ……」

「よし。小平太、隙間風の五郎八なる盗人から辿ってみるか……」

「はい……」

小平太は頷いた。

「ならば、今夜は此れ迄だ……」

左近は、湯吞茶碗の酒を飲んだ。

柳森稲荷前の空き地は、虫の音に満ちていた。

不忍池の朝靄が消えた。

香心寺は山門を開け、寺男の万助がいつも通り境内の掃除をしていた。

まるで、何事もなかったかのようだ……。

左近は、小平太と向かい側にある大名屋敷の屋根から眺めていた。

「香心寺の寺男の万助、伊賀忍びだ」

左近は、小平太に教えた。

「ならば、此の香心寺は……」

「宗念が住職を務めていた忍び宿だ」

「そうですか……」

小平太は頷いた。

住職の宗念がいなくても、香心寺は変わらないのだ。それは、香心寺が普通の寺ではない証なのだ。

おそらく寺男の万助は、伊賀忍びの総帥服部道伯の指図で香心寺の山門を開けているのだ。

左近は睨み、大名屋敷の屋根を降りた。

小平太は続いた。


金龍山浅草寺は参拝客で賑わっていた。

左近は、小平太を伴って境内を進み、片隅の茶店に入って茶を頼んだ。

「さあて、隙間風の五郎八、いるかな」

「濃い緑色の羽織を着た年寄りですか……」

左近と小平太は、縁台に腰掛けて境内を行き交う参拝客を眺めた。

「お待たせしました」

茶店女が茶を持って来た。

「おう……」

左近と小平太は、茶を飲みながら盗人の隙間風の五郎八を探した。

僅かな刻が過ぎた。

濃い緑色の羽織を着た年寄りは、容易に現れなかった。

「よし。小平太は此処で見張りを続けろ。俺は境内を一廻りしてくる」

「はい……」

左近は、小平太を茶店に残して境内の見廻りに出た。
左近は、参拝客に交じって東門の前から三社権現(さんじゃごんげん)に進んだ。
濃い緑色の羽織を着た年寄りはいない……。
左近は、三社権現から本堂裏の護摩堂(ごまどう)に廻った。

小平太は、茶店で茶を啜りながら行き交う参拝客に隙間風の五郎八を探した。
背の高い浪人が、参拝客と本堂に向かって行った。
あの浪人は……。
小平太は、背の高い浪人の顔に見覚えがあった。
伊賀忍びの浄海配下にいた托鉢坊主の一人だ……。
小平太は見定めた。
背の高い浪人は、前を行く参拝客を見据えて本堂に進んでいた。
誰かを尾行(つけ)ている……。
小平太は読んだ。
よし……。

小平太は、茶店で塗笠を買って被り、背の高い浪人を追った。

背の高い浪人は、本堂の階を上がって参拝する町方の男を見張っていた。

町方の男は何者なのか……。

背の高い浪人の伊賀者は、何をしようとしているのか……。

小平太は見守った。

町方の男は、参拝を終えて階を下り、東門に向かった。

背の高い浪人は尾行た。

小平太は追った。

町方の男は、浅草寺の東門を出て尚も東に進んだ。

東には、浅草花川戸町や山之宿町がある。

背の高い浪人は町方の男を尾行し、小平太は追った。

隅田川には様々な船が行き交っていた。

町方の男は、花川戸町と山之宿町の間の道を抜けて隅田川沿いの道に出た。

背の高い浪人は追った。

町方の男は、隅田川の岸辺に立ち止まって振り返った。

「あっしに何か用ですかい……」

町方の男は、尾行て来た背の高い浪人に笑い掛けた。

「気が付いていたか……」

背の高い浪人は苦笑した。

「そりゃあ、もう。浪人さんも只のお侍じゃあなさそうだ……」

町方の男は読んだ。

「ああ。お前もな……」

背の高い浪人は笑った。

「で、何の用ですかい……」

「ちょいと訊きたい事があってな」

「訊きたい事……」

「ああ……」

「何ですかい……」

「秩父刑部を知っているか……」

「秩父刑部……」

町方の男は眉をひそめた。

「ああ……」

「名前だけは……」

「名前だけ……」

「ああ。昔、盗賊の夜烏(よがらす)の吉兵衛(きちべえ)一味にいた忍び上がりの盗人だと……」

町方の男は、背の高い浪人に探るような眼を向けて告げた。

「だが、とっくの昔に足を洗った……」

「うむ。して、今、何処にいるかは……」

「さあ。知りませんぜ」

「嘘偽りはないな」

背の高い浪人は、町方の男を厳しく見据えた。

「ああ……」

町方の男は頷いた。

「ならば、秩父刑部の消息を知っている者を知らぬか……」

「昔の話だから、もう足を洗って隠居した盗人に聞いた方が良いだろうな」

「誰かいるか……」

「さあて……」

町方の男は、狡猾な笑みを浮かべた。

「下手に惚けると命はない……」

背の高い浪人は、笑顔で町方の男の耳元に囁いた。

小平太は家並の屋根の上に忍び、隅田川の岸辺で背の高い浪人と町方の男の話し合う唇を読んだ。

背の高い浪人の伊賀忍びは、盗人である町方の男に秩父刑部の消息を尋ねている。

小平太は知った。

背の高い浪人は、町方の男に身を寄せて何事かを訊き出し、素早く離れた。

どうした……。

小平太は、町方の男を見守った。

町方の男は、踏鞴(たたら)を踏んで前のめりに隅田川に転落した。

小平太は、屋根の上から倒れた町方の男の許に飛び降りた。

小平太は、隅田川を流されて行く町方の男を見た。

町方の男は首から赤い血を流し、眼を呆然と見開いて流されて行く。

おのれ……。

小平太は、塗笠を目深に被って背の高い浪人を追った。


左近は、浅草寺の広い境内を見廻り、小平太の待っている茶店に戻った。

小平太は、茶店にいなかった。

隙間風の五郎八を見付けて追ったのか……。

左近は読んだ。

その時、濃い緑色の羽織を着た年寄りが茶店を訪れ、茶店女に茶を注文して縁台に腰掛けた。

えっ……。

左近は眉をひそめた。

濃い緑色の羽織を着た年寄りは、盗人の隙間風の五郎八なのか……。

左近は、濃い緑色の羽織を着た年寄りを窺った。

五郎八と思われる年寄りは、茶を運んで来た茶店女に親し気に声を掛けていた。

もし、隙間風の五郎八なら、小平太はどうしたのだ。

他の誰かを追ったのか……。

左近は、想いを巡らせた。

何れにしろ、茶店に現れた濃い緑色の羽織を着た年寄りは隙間風の五郎八なのか……。

よし……。

左近は、茶店に向かい、五郎八と思われる年寄りの隣に腰掛けた。

「邪魔をする……」

左近は、五郎八と思われる年寄りに笑い掛けた。

五郎八と思われる年寄りは、微かな戸惑いを浮かべて左近に会釈をした。

「隙間風の五郎八か……」

左近は、笑みを浮かべて囁いた。

「えっ……」

五郎八と思われる年寄りは、慌てて立ち上がろうとした。

「動くな……」

左近は、厳しく囁いた。

五郎八と思われる年寄りは、凍て付いた。

「動けば死ぬ……」

左近は、冷笑を浮かべて脅した。

「は、はい……」

五郎八らしい年寄りは、喉を鳴らして茶を飲んだ。

「隙間風の五郎八だな」

左近は、改めて問い質した。

「は、はい……」

五郎八らしき年寄りは頷いた。

「俺は日暮左近。ちょいと訊きたい事がある……」

左近は笑い掛けた。


「秩父刑部……」

盗人の隙間風の五郎八は眉をひそめた。

「ああ。昔、何処かの盗賊の一味にいたと聞いたのだが、知っているな」

左近は尋ねた。

「ああ。随分と昔の話だが、秩父刑部、何かしたのかい……」

五郎八は、左近の訊きたい事が自分と拘わりないと知り、野次馬根性を丸出しにした。

「うむ。秩父刑部、配下の忍びを集めて何事かを企てている」

左近は告げた。

「それはそれは……」

五郎八は苦笑した。

「で、秩父刑部。今、何処にいるか知っているか……」

「さあて、そいつは分からないし、近頃は噂も聞かないな」

五郎八は首を捻った。

「噂も聞かないか……」

「ああ……」

五郎八は頷いた。

「そうか。流石の本格の盗人隙間風の五郎八でも分からないか……」

左近は、落胆し、肩を落として見せた。

「いや。そうでもない……」

長年にわたって江戸の裏渡世で生きて来た五郎八は、誇りを傷付けられたのか、慌てて口を挟んで来た。

「何だ……」

左近は、五郎八を見据えた。

「うん。妙な噂がある」

五郎八は辺りを窺い、勿体ぶって囁いた。

「妙な噂……」

左近は眉をひそめた。

「ああ。昔、板橋の庄屋屋敷に押し込んだ盗賊一党が揃って消えちまったって噂がある」

「盗賊一味が消えた……」

「ああ。一人残らずな……」

「どういう事かな……」

「頭を入れて六人の盗賊が神隠しに遭った訳でもあるまいし、かといって仲間割れをして殺し合いになったとも聞かず……」

五郎八は、顔の皺を深くした。

「何者かに殺されたか……」

左近は睨んだ。

「うん。一人残らずな……」

「となると、恐ろしく腕の立つ奴の仕業か、盗賊一味六人以上の人数で襲ったかだな……」

左近は読んだ。

「ああ。で、六人以上の人数となれば……」

五郎八は眉をひそめた。

「忍びの仕業か……」

左近は、厳しさを浮かべた。

「かもしれねえ……」

五郎八は笑った。

「消えたのは板橋だな」

「ああ。板橋の庄屋を襲った後にな……」

「板橋となると、近くにあるのは岩屋弁天や王子権現……」

そこかもしれない……。

秩父刑部と配下の忍びたちは、王子権現辺りに潜んでいるのかもしれない。

左近は、漸く秩父刑部の居場所の手掛かりを摑んだ。

第三章　王子権現

一

秩父忍びの小平太は、伊賀忍びと思われる背の高い浪人を慎重に尾行した。

背の高い浪人は、盗人と思われる町方の男から何事かを訊き出して殺した。

何を訊き出したのか……。

小平太は尾行た。

背の高い浪人は、浅草から下谷に抜けて本郷の通りに出た。

本郷の通りには、加賀国金沢藩江戸上屋敷と常陸国水戸藩江戸中屋敷が並び、大名家の別邸があった。

大名家別邸は表門を閉めていた。

背の高い浪人は、大名家別邸の表門脇の潜り戸を叩き、屋敷の中に入って行った。

小平太は見届けた。

誰の屋敷だ……。

小平太は、本郷の通りを見廻した。

本郷通りには大名や旗本の屋敷が並び、裏手から行商の小間物屋が出て来た。

小平太は、行商の小間物屋を呼び止めた。

「は、はい。何でございましょうか……」

行商の小間物屋は、小平太に怪訝な眼を向けた。

「少々尋ねるが、此処は何方の屋敷かな……」

小平太は、背の高い浪人の入った屋敷を示した。

「ああ。此のお屋敷は遠江国は相良藩の別邸ですよ」

「遠江国相良藩の別邸……」

「ええ。お殿さまは御老中の内藤忠泰さまにございますよ」

行商の小間物屋は告げた。

「御老中の内藤忠泰さま……」

「はい……」

「そうか。造作を掛けたな」

小平太は、行商の小間物屋に礼を云った。

「いいえ。じゃあ……」

行商の小間物屋は、大きな荷物を背負って立ち去った。

伊賀忍びは、老中内藤忠泰の命を受けて大目付水野義信と目付の北原主水正を闇討ちした秩父忍びの探索をしている。

その伊賀忍びの忍び宿の一つが、本郷にある相良藩の別邸なのだ。

小平太は睨んだ。

背の高い浪人は、町方の男から何を訊き出したのか……。

そして、どうするのか……。

小平太は読んだ。

町方の男が盗人だったところをみると、伊賀忍びも秩父刑部が盗賊と拘わりがあるのに気が付き、動いているのだ。

ならば、町方の男から何かを訊き出し、次はどう動くのか……。

見届ける……。

小平太は、見張りに就いた。

刻(とき)が過ぎた。

背の高い浪人が、相良藩別邸から中年の浪人と出て来た。

小平太は、斜向(はすむ)かいの武家屋敷の路地から見守った。

「軒猿、元鳥越(もととりごえ)だな……」

中年の浪人が、背の高い浪人に尋ねた。

「ああ。鳥越明神の裏の長屋だ。不動(ふどう)……」

軒猿と呼ばれた背の高い浪人は、中年の浪人を不動と呼んだ。

「よし……」

軒猿と不動は、本郷の通りを湯島(ゆしま)に向かった。

行き先は鳥越明神裏の長屋……。

小平太は、軒猿と不動を追った。

不動の身の熟(こな)しや足取りは、軒猿と同じ忍びのものだった。

鳥越明神裏の長屋に何しに行くのか……。

小平太は、慎重に尾行(つけ)た。

王子稲荷・王子権現は、中山道板橋宿に続く往来の北、滝野川村の奥にある。

左近は、巣鴨町を抜けて板橋宿の手前にある岩屋弁天道に入った。

岩屋弁天道は、緑の田畑の間にあった。

その先に滝野川村、岩屋弁天があり、音無川に架かっている橋を渡り、尚も進むと王子権現がある。

左近は、音無川に架かる橋の袂に佇み、王子権現を眺めた。

王子権現や王子稲荷の奥には飛鳥山などが眺められた。

秩父刑部は、此の一帯の何処かに配下の忍びと潜んでいる。

左近は睨んだ。

夕陽は、橋の袂に佇む左近の影を長く伸ばした。

王子一帯は、板橋宿の向こうに沈む夕陽に照らされ始めた。


鳥越明神は夕陽に覆われ、参拝客も散歩する者も途絶えた。

鳥越明神裏の古長屋は、おかみさんたちの晩飯の仕度も終わり、仕事を終えた亭主たちが帰って来ていた。

浪人姿の伊賀忍びの不動は、木戸から古長屋を窺っていた。

伊賀忍びの軒猿が、古長屋の奥から駆け寄って来た。

「やはり、留守か……」

不動は尋ねた。

「ああ。未だ帰っちゃあいない」

軒猿は伝えた。


小平太は、軒猿と不動が古長屋の奥の家の住人に用があって来たのを知った。

奥の家の住人は、軒猿に殺された盗人と拘わりのある者なのか……。

そして、軒猿と不動は、住人にどんな用があるのか……。

小平太は、古長屋の屋根に忍んで木戸の陰にいる軒猿と不動を見張った。

屋根の下の家からは、味噌汁の香りが漂い、親子の笑い声が聞こえた。

家族……。

小平太は、孤児の自分、烏坊、猿若、蛍を育ててくれた陽炎を思い出した。

嗄(しゃが)れ声の鼻歌が聞こえた。

小平太は、古長屋の木戸を見た。

濃い緑色の羽織を着た年寄りが、嗄れ声で鼻歌を歌いながら古長屋の木戸を潜った。

軒猿と不動は、木戸の陰で見守った。

濃い緑色の羽織を着た年寄りは、明かりの灯された家々の前を通り、奥の暗い家に向かった。

軒猿と不動は、木戸を出て濃い緑色の羽織を着た年寄りに迫った。

帰りを待っていた相手は老盗人、隙間風の五郎八……。

「な、何だ……」

隙間風の五郎八は驚き、狼狽えた。

「五郎八、訊きたい事がある……」

軒猿は、五郎八を見据えた。

不動は、五郎八に素早く苦無を突き付けた。

「おう。分かった。此処じゃあ、晩飯中の長屋の皆に迷惑だ。明神さまに行こうぜ」

五郎八は、皺だらけの顔に笑みを浮かべて云い放った。

鳥越明神は暗かった。

盗人隙間風の五郎八は、軒猿と不動を従えるように境内に入って来た。

「さあて、用ってのは何だい」

五郎八は笑い掛けた。

「秩父刑部という忍びを知っているな」

軒猿は尋ね、不動は五郎八の腰に苦無を押し付けた。

「今更、惚(とぼ)けやしねえ。刃物は仕舞いな」

五郎八は眉をひそめた。

「煩(うるさ)い……」

不動は、五郎八を押さえ付け、苦無を首に押し付けた。

五郎八の老顔に怒りが過(よぎ)った。

「五郎八、秩父刑部は何処にいる……」

「その前に苦無を退(ど)かしな」

「煩い。秩父刑部は何処にいる……」

不動は怒鳴った。

「さあ、そんな野郎は知らねえ」

「おのれ。惚けるか……」

軒猿は、五郎八を睨み付けた。

「ああ。何処の忍びか知らねえが、他人さまにものを訊く振舞いじゃあねえな」

五郎八は嘲笑した。

「何だと、爺い……」

不動は、五郎八の首に押し付けた苦無を引こうとした。

刹那、不動の額に棒手裏剣が突き立った。

不動は、眼を瞠って棒立ちになった。

五郎八は驚いた。

不動は、息絶えて棒のように倒れた。

「だ、誰だ……」

軒猿は、狼狽えながらも五郎八を捕まえようとした。

次の瞬間、小平太が軒猿の前に現れた。

軒猿は怯んだ。

小平太は、軒猿に飛び掛かり、その腹に苦無を叩き込んだ。

軒猿は、苦しく呻いて崩れ落ちた。

小平太は、軒猿と不動の死を確かめた。

「助かった。礼を云うぜ……」

五郎八は、小平太に笑い掛けた。

「いや。隙間風の五郎八さんか……」

小平太は訊いた。

「ああ。お前さんは……」

「小平太だ。訊きたい事がある」

「小平太か。お前さんも、秩父刑部の居場所かい……」

五郎八は苦笑した。

「如何にも。知っているなら、教えて欲しい」

小平太は、五郎八に頼んだ。

「良いとも。そいつが他人さまにものを尋ねる態度ってもんだ」

五郎八は笑った。

「で、秩父刑部は何処に……」

「おそらく王子権現から飛鳥山……」

五郎八は告げた。

「王子権現、飛鳥山ですか……」

小平太は念を押した。

「ああ。日暮左近って奴がそう睨んだ」

五郎八は、もっともらしい面持ちで頷いた。

「日暮左近……」

盗人隙間風の五郎八は、既に左近に聞き込みを掛けられていた。

小平太は苦笑した。


葦簀掛けの飲み屋の小さな火は瞬いた。

「で、伊賀忍びの二人、どうしたんだ」

嘉平は、小平太に尋ねた。

「軒猿と不動の死体、隙間風の五郎八と鳥越川に投げ込みました」

小平太は告げた。

「そうか。じゃあ、今頃は大川だな」

嘉平は苦笑した。

「きっと……」

「して、小平太、隙間風の五郎八はどうした」

左近は尋ねた。

「何だか騒がしいので、暫く身を隠すと云っていました」

「そいつは良い……」

左近は笑った。

「で、左近さま、秩父刑部は王子権現の方に忍んでいると……」

「うむ。盗賊が六人、板橋で庄屋屋敷に押し込み、金を奪った後、揃って姿を消したって一件があったそうだ」

左近は、五郎八から聞いた話を教えた。

「秩父刑部が盗賊の上前(うわまえ)を撥(は)ねたって訳かな」

嘉平は読んだ。

「おそらく……」

左近は頷いた。

「で、秩父刑部が潜んでいる処(ところ)は、板橋から近い王子権現一帯と睨んだか……」

嘉平は読んだ。

「ああ……」

「で、どうでした」

「王子権現一帯から飛鳥山、明日から検めてみる……」

左近は告げた。

「じゃあ、俺も……」

「いや。小平太は告げた。

小平太は軒猿と不動が消えた後の伊賀忍びの動きを見張ってくれ」

「伊賀忍びを……」

「ああ。伊賀忍びの総帥、服部道伯は、老中内藤忠泰の命を受けて動いている。

それは、闇討ちをした秩父刑部と一味の忍びを追っているだけなのか……」

「違うのか……」

嘉平は首を捻った。

「ひょっとしたら、内藤忠泰は秩父刑部に闇討ちを命じた者と敵対し、秘かに叩き潰そうとしているのかもしれぬ」

左近は読んだ。

「成る程。事は公儀幕閣の争いかもしれないか……」

嘉平は苦笑した。

「分かりました。伊賀忍びの服部道伯を探してみます」

小平太は頷いた。

「うむ……」

左近は笑った。

神田川に船の櫓の軋(きし)みが響いた。

愛宕下(あたごした)大名小路は暗く、連なる大名屋敷は眠り込んでいた。

忍びの者たちは、闇から滲(にじ)むように現れた。

そして、或(あ)る大名屋敷の土塀に跳び、次々に侵入し始めた。

大名屋敷内の要所には見張りが立ち、見廻りをしていた。そして、表(おもて)御殿の用部屋(ようべや)には、宿直(とのい)の家臣たちが詰め、明かりが灯(とも)されていた。

忍びの者たちは、見張りと見廻りの隙を突いて殿さまの暮らす奥御殿に進んだ。

奥御殿は雨戸を閉め、寝静まっていた。

忍びの者が庭の闇から現れ、表御殿の雨戸に取り付いた。そして、問外(といかき)を使って雨戸を開け、奥御殿内に忍び込んだ。

　三人の忍びの者が続いた。


　長い廊下の突き当たりには常夜燈が灯され、黒光りする床を照らしていた。

　四人の忍びの者は、連なる座敷に人の気配を探しながら進んだ。

　だが、連なる座敷に人の気配はなかった。

　四人の忍びの者は、微かな焦りを滲ませて奥に進んだ。そして、廊下の突き当たり、常夜燈の前を曲がろうとした。

　二人の宿直の家来が現れた。

　忍びの者は咄嗟に襲い掛かり、苦無を一閃した。

　宿直の家来の一人が、顔を斬られて悲鳴をあげた。

「曲者。曲者だ……」

　残る宿直の家来は、声を引き攣らせて叫んだ。

　此れ迄だ……。

　四人の忍びの者は、長い廊下の雨戸を蹴破って庭に跳び出した。

表御殿から見張りと見廻りの家来たちが駆け付け、奥御殿から宿直の家来たちが飛び出して来た。

四人の忍びの者は、逃げながら棒手裏剣を放った。

数人の家来が倒れた。

四人の忍びの者は、内塀に向かって逃げた。

家来たちは追った。

内塀の上に後詰の忍びの者が現れ、家来たちに棒手裏剣を次々に放った。

追った家来たちは倒れ、怯んだ。

四人の忍びの者は、内塀を跳んで消えた。

「追え。追え……」

家来たちは焦った。


内塀を越えた四人の忍びは、そのまま走って作事小屋の屋根に跳び、外塀の外に大きく跳んだ。

奥御殿の雨戸の蹴破られた処に、小姓や近習に護られた相良藩藩主で老中の内藤忠泰がやって来た。

「曲者は何処だ……」

内藤は、怒りに声を震わせた。

「はっ。既に逃げ去りました」

「おのれ。何者だ……」

「このような手裏剣を……」

家来が棒手裏剣を見せた。

「棒手裏剣、秩父忍びか……」

内藤は吐き棄てた。


老中の遠江国相良藩藩主内藤忠泰の暮らす江戸上屋敷が襲われた……。

噂は、風のように広まった。

「おそらく秩父刑部一党の忍びの仕業だろう」

左近は睨んだ。

「内藤忠泰が伊賀忍びの服部道伯に秩父忍びの探索を命じたのを知っての襲撃ですか……」

小平太は読んだ。

「おそらくな……」

左近は頷いた。

「それにしても、秩父刑部の背後にいるのは何者ですかね」

「大目付や目付を闇討ちしたところを見ると、大名旗本が潜んでいるのかもな」

「大名旗本ですか……」

小平太は眉をひそめた。

「うむ。老中の内藤忠泰は、既にその大名旗本を絞り、服部道伯たち伊賀忍びに探らせているのかもしれぬ」

「ならば、此度(こたび)の秩父忍びの老中内藤忠泰襲撃、我が身に探索の手が伸びるのを恐れた者の先手ですか……」

「うむ。服部道伯配下の伊賀忍びは、誰を探っているのか……」

「分かりました。服部道伯と伊賀忍びの動きを見張ります」

小平太は頷いた。

「よし。俺は王子権現一帯を調べる」

左近と小平太は、それぞれの探索を急ぐ事にした。

愛宕下大名小路にある遠江国相良藩江戸上屋敷は、屋敷内の警戒を厳しくしていた。

小平太は、隣の大名屋敷の屋根に忍び、相良藩江戸上屋敷を窺った。

忍びに襲撃された内藤忠泰は、伊賀忍びの服部道伯に江戸上屋敷と身辺の警護を命じる筈(はず)だ。

服部道伯は相良藩江戸上屋敷に現れる……。

小平太は読み、相良藩江戸上屋敷に伊賀忍びの服部道伯の姿を探した。

日本橋から神田八つ小路に抜け、神田川に架かっている昌平橋を渡り、湯島から本郷の通りを進み、追分(おいわけ)を板橋宿に向かう。

その板橋の宿の手前の岩屋弁天道に曲がり、そのまま進むと王子権現に出る。

左近は、王子権現に急いだ。

二

愛宕下大名小路は、行き交う人もなく静けさに覆われていた。

小平太は、大名屋敷の屋根から隣の遠江国相良藩江戸上屋敷を窺った。

相良藩江戸上屋敷は、屋敷内の警戒を厳しくした。

伊賀忍びの服部道伯は、相良藩江戸上屋敷に既に入り、内藤忠泰の命を受けて忍びの結界を張っていた。

小平太は読み、大名屋敷の屋根の瓦を割り、その欠片(かけら)を相良藩江戸上屋敷に投げ込んだ。

相良藩江戸上屋敷の土塀の陰が揺れ、伊賀忍びが姿を見せた。

結界を張る伊賀忍び……。

小平太は、相良藩江戸上屋敷に伊賀忍びの結界が張られているのを見定めた。

揺れた結界は、何事もないと見定めて静かに納まった。

小平太は見張りを続けた。

相良藩江戸上屋敷の表御殿の屋根に二人の男が現れた。

小平太は、破風の陰に忍んで窺った。

男の一人は総髪で袖無し羽織を着た中年男であり、もう一人は忍び姿だった。

総髪で袖無し羽織を着た中年男は、伊賀忍びの総帥の服部道伯か……。

小平太は睨んだ。

服部道伯と思われる中年男は、辺りの様子を窺いながら忍び姿の配下に何事かを命じていた。

小平太は、服部道伯の唇を読んだ。しかし、唇は余り動かず、何を云っているのか読むのは難しかった。

服部道伯は、配下の忍びに何事かを命じて表御殿の屋根から消えた。

よし……。

小平太は、服部道伯が相良藩江戸上屋敷から出て来るのを待った。


岩屋弁天道には王子権現や王子稲荷の参拝客や料理屋の客が行き交い、左右に広がっている田畑の緑は風に揺れていた。

左近は、田畑の向こうの王子権現を囲む雑木林を眺めた。

変わった様子はない……。

左近は、岩屋弁天道を進んだ。

王子権現の東、音無川を挟んで飛鳥山があり、麓(ふもと)には料理屋や茶屋が多くあった。

左近は、金剛寺(こんごうじ)から音無川に架かる橋を渡り、王子権現に進んだ。


王子権現には参拝客が訪れ、本殿に手を合わせていた。

左近は、本殿や境内、参拝客を見廻した。

怪しいところや怪しい者はいない……。

左近は見定め、本殿の裏手に廻った。

本殿の裏手には雑木林があって、北の奥には裏門が見えた。

左近は、裏門に進んだ。


裏門の外には音無川の支流が流れ、多くの茶屋が並んでいた。

左近は支流に架かっている橋に佇み、並ぶ茶屋に殺気を放った。

並ぶ茶屋から微かな殺気があがった。

忍び……。

左近は、並ぶ茶屋の何処かに忍びの者がいるのを見定めた。
よし……。
左近は、茶屋の並ぶ通りを飛鳥山に進んだ。
微かな殺気は追って来た。
左近は、辺りを窺い、微かな殺気を漂わせながら進んだ。
殺気は追って来る。
左近は、音無川の支流に架かる小橋を渡り、飛鳥山に入った。

飛鳥山の雑木林には、幾つもの斜光が差し込み、小鳥の囀り(さえず)に満ちていた。
左近は、幾つもの斜光の中に立ち止まった。
小鳥の囀りが消えた。
刹那(せつな)、殺気が襲い、空を切り裂く音がした。
左近は、身体を開いて飛来する棒手裏剣を躱(かわ)し、木陰に隠れた。
棒手裏剣が続いて飛来し、左近の潜む木の幹に刺さった。
「秩父忍びか……」
左近は呼び掛けた。

「おのれは……」

茂みから男の声がした。

「秩父忍びの加納大介……」

左近は名乗った。

「加納大介……」

忍びの者が茂みから現れた。

「うむ。早々に秩父刑部に報せるが良い……」

左近は告げた。

「何……」

忍びの者は戸惑った。

「秩父刑部だ。此処で待つ。早く行け……」

左近は命じた。

忍びの者は頷き、立ち去った。

左近は見送り、差し込む斜光を見上げた。

小鳥の囀りが飛び交った。

加納大介か……。

左近は苦笑した。

〝加納大介〟は、日暮左近の本名だ。

〝日暮〟は記憶を失った左近に公事宿『巴屋』主の彦兵衛が付けた姓であり、名の〝左近〟は陽炎の兄の〝結城左近〟から取ったものだった。

結城左近は羽黒の忍びの総帥羽黒の仏に催眠の術を掛けられていた。日暮左近こと加納大介は、その結城左近と死闘を繰り広げて斃し、記憶を失ったのだ。そして、記憶は徐々に取り戻したが、親しい友だった結城左近と殺し合った理由はそれだけではないように思えていた。

結城左近か……。

左近は、木々の梢の間から差し込む日差しを眩し気に見上げた。

秩父の暴れ竜虎の左近と大介か……。

左近は、秩父の野山を駆け廻った少年の頃の綽名に苦笑した。

秩父刑部は、秩父忍びのお館、秩父幻斎の血縁者だが秩父から出奔したのだ。

何故かは分からない……。

結城左近と加納大介が闘った理由に拘わりがあるのかもしれない。

問い質す……。

左近は決め、秩父刑部が来るのを待った。
刻が過ぎた。
小鳥の囀りが消えた。
左近は、雑木林に迫って来る殺気を感じた。
秩父刑部……。
左近は、厳しさを滲ませた。

秩父刑部配下の忍びの者は、左近を取り囲んで忍び寄った。
だが、いる筈の場所に左近はいなかった。
刑部配下の忍びの者たちは、戸惑った。
茂みが僅かに揺れた。
刑部配下の忍びの者たちは、一斉に揺れた茂みに棒手裏剣を投げた。
茂みの草は千切(ちぎ)れ、葉を飛ばした。
刑部配下の忍びの者は、忍び刀を抜いて茂みに殺到した。
だが、茂みの陰に左近はいなかった。
「おのれ……」

刑部配下の忍びの者は、狼狽えた。

「秩父刑部はどうした……」

左近の声が響いた。

刑部配下の忍びの者は、忍び刀を構えて辺りに左近を探した。

刹那、左近が木の梢から跳んだ。

刑部配下の忍びの者は、木の梢から跳び降りて来る左近に気が付き、怯んだ。

左近は、跳び降りながら無明刀を斬り下げた。

刑部配下の忍びの者の一人が、真っ向から斬り下げられて倒れた。

刑部配下の忍びの者は、驚きながらも左近に襲い掛かった。

左近は、縦横に動き、無明刀を閃(ひらめ)かせて忍びの者を蹴散らした。

忍びの者は退いた。

左近は、残心の構えを取った。

静けさに小鳥の囀りが戻った。

左近は、斃れている忍びの中に僅かに動いている者がいるのに気が付いた。

よし……。

左近は、太股(ふともも)を斬られて倒れ、踠(もが)いている若い忍びの者に近付いた。

若い忍びの者は、怯えながらも必死に左近を睨み付けた。

小鳥の囀りが消えた。

「秩父刑部は何処にいる……」

左近は、忍びの者と距離を取って尋ねた。

「し、知らぬ……」

忍びの者は、苦しそうに首を横に振った。

「そうか、知らぬか……」

左近は、忍びの者を見据えた。

「ああ……」

忍びの者は微かに震え、緊張に喉を鳴らして頷いた。

「ならば、脚の傷、早く治すんだな」

左近は苦笑した。

「えっ……」

忍びの者は戸惑った。

「死に急ぐな。命を惜しめ……」

左近は、若い忍びの者に笑い掛けてその場から立ち去った。

道連れに自爆するのを見破られた……。
若い忍びの者は、懐から炸裂弾を出して大きな溜息を吐いた。
左近は、小鳥の囀りが飛び交う雑木林を出て行った。

秩父刑部は、王子権現の茶屋か料理屋に潜んでいる。
だが、その姿は隠したままだった。
何故だ……。
秩父刑部は、何故に左近の前に現れなかったのか……。
そして、何故に配下の忍びに左近の命を狙わせたのか……。
左近は、王子権現裏に連なる茶屋や料理屋を眺めた。
秩父刑部は、何処かから左近を窺っている筈だ。
左近は苦笑した。
小鳥の囀りは長閑に続いた。

愛宕下大名小路は静寂に覆われていた。
小平太は、大名屋敷の屋根に忍び、向かい側の相良藩江戸上屋敷を見張り続けていた。

相良藩江戸上屋敷は、伊賀忍びが結界を張って警戒を厳しくしていた。

表門脇の潜り戸が開いた。

小平太は見守った。

塗笠を被った袖無し羽織を着た武士が、二人の供侍を従えて潜り戸から出て来た。

伊賀の服部道伯か……。

小平太は、塗笠に袖無し羽織の武士を見詰めた。

表御殿の屋根の上に現れた服部道伯の身の熟(こな)しや足取りと……。

小平太は比べた。

同じだ……。

小平太は、塗笠を被り袖無し羽織を着た武士と服部道伯の身の熟しや足取りが同じなのを見定めた。

よし……。

小平太は、大名屋敷の屋根を降りて服部道伯と二人の供侍を追った。

服部道伯と二人の供侍は、愛宕下大名小路から久保丁原に出て外濠に架かっている土橋を渡った。そして、外濠沿いの道を北に進んだ。

何処に行くのだ……。

小平太は、慎重に尾行た。

服部道伯と二人の供侍は、外濠沿いの道から神田八つ小路に抜け、神田川に架かっている昌平橋を渡った。そして、神田川の北側の道を柳橋に進んだ。

小平太は尾行た。

神田川沿いの道には、多く人が行き交っていた。

服部道伯と二人の供侍は、神田川沿いの道を柳橋に向かい、新シ橋の前、向柳原の通りに曲がった。

小平太は続いた。

此のまま進めば三味線堀だ……。

小平太は、緊張した面持ちで尾行た。

三味線堀は日差しに煌めいた。

服部道伯と二人の供侍は、三味線堀と出羽国秋田藩江戸上屋敷の間を抜け、下谷七間町の通りに出た。

突き当たりには、筑後国松河藩江戸中屋敷があった。

服部道伯は、厳しい面持ちで松河藩江戸中屋敷を窺い、二人の供侍に何事かを命じた。

二人の供侍は、松河藩江戸中屋敷の裏手に廻って行った。

服部道伯は、三味線堀の堀端に退いて松河藩江戸中屋敷を眺めた。

小平太は、物陰から見守った。

僅かな刻が過ぎた。

供侍の一人が、松河藩江戸中屋敷の裏手から現れ、三味線堀の堀端にいる服部道伯の許に駆け寄った。

「警備は手薄でした」

戻って来た供侍は告げた。

小平太は、道伯と供侍の僅かに動く唇を読んだ。

「そうか。して、念仏は……」

「はい。屋敷内に忍びました」

「よし。ならば青猿(あおざる)、念仏の後詰(ごづめ)をな」

服部道伯は命じた。

「心得ました」

青猿と呼ばれた供侍は頷いた。

「うむ。行け……」

青猿は、松河藩江戸中屋敷の裏手に廻って行った。

服部道伯は、青猿を見送って不忍池に向かった。

伊賀忍びの念仏と青猿は、服部道伯の命で松河藩江戸中屋敷に忍んだ。

小平太は見届け、不忍池に向かう服部道伯を尾行た。

何故、服部道伯は配下の忍びを筑後国松河藩江戸中屋敷に忍び込ませたのか
……。

小平太は、服部道伯の後ろ姿を見詰めて尾行た。

松河藩に何があるのか……。

小平太は、想いを巡らせながら追った。

服部道伯は、下谷広小路を抜けて不忍池に向かった。

不忍池には水鳥が遊び、水飛沫が煌めいた。
服部道伯は、不忍池の畔を進んで茅町に入った。
茅町には、伊賀忍びの忍び宿である香心寺がある。
香心寺に行くのか……。
小平太は読んだ。
不忍池の畔には、木洩れ日が揺れた。

王子権現に続く岩屋弁天道は、参拝客や料理屋の客が行き交っていた。
左近は、岩屋弁天道を板橋宿、中山道に続く往来に進んだ。
尾行者は、金剛寺を出た辺りから現れた。
秩父刑部配下の忍び……。
左近は睨み、尾行者を引き連れて板橋宿に続く往来に出た。
何処で締め上げるか……。
左近は、秩父刑部配下の忍びを捕え、何処で責めるか思案した。
往来の左右には、巣鴨の町家と大名旗本の屋敷が連なっている。
さあて、何処が良い……。

左近は、尾行て来る秩父刑部配下の忍びを誘い込む場所を探しながら進んだ。

往来は、巣鴨町上仲組から下仲組に続いている。

左近は、白山権現に向かった。

一人、二人、三人……。

左近は、尾行て来る秩父刑部配下の忍びの者を見定め、数えた。

秩父刑部配下の忍びは三人。縞の合羽に三度笠の渡世人、旅の雲水、人足に扮して尾行て来る。

秩父刑部は、左近が本当に秩父忍びの加納大介なのか、何処の忍びに与しているのか、そして居場所が何処か突き止めようとしているのだ。

左近は、尾行て来る三人の秩父刑部配下の忍びの目的を読んだ。

行く手に白山権現が見えた。

よし……。

左近は、参拝客に交じって白山権現の境内に入った。

雲水と渡世人は鳥居前に残り、人足が左近を追って境内に続いた。

左近は、白山権現に参拝し、秩父刑部配下の忍びの者を窺った。

参拝客の中に人足の姿が見えた。

雲水と渡世人は何処だ……。

左近は、境内の参拝客に雲水と渡世人を探した。だが、境内に二人の姿は見えなかった。

左近は読んだ。

雲水と渡世人は、鳥居辺りで左近が出て来るのを待っているのだ。

よし……。

左近は、参拝を終えて本殿の脇を進んだ。

人足が追って来た。

左近は、本殿の裏に廻り、屋根に跳んだ。

人足が、足早に本殿の裏に廻って来た。

左近の姿はない。

人足は驚き、狼狽(うろた)えた。

刹那、左近は屋根から跳び下り、人足の喉仏を潰して首の骨を折った。

人足は、抗(あらが)う間もなく絶命した。

左近は、人足の死体を縁の下に押し込み、何事もなかったかのように鳥居に向かった。
あっという間の出来事だった。

左近は、鳥居を潜って白山権現を出た。
そして、本郷通りに進んだが、人足は追って現れなかった。
雲水と渡世人は戸惑った。
「どうした……」
「分からぬ。とにかく、とにかく奴を追うしかあるまい……」
雲水と渡世人は、左近を追って本郷通りに進んだ。
左近は、本郷通り駒込片町を進んだ。
雲水と渡世人は尾行た。
追って来ない人足を気にしながら……。
だが、仲間より左近なのだ。
雲水と渡世人は、慎重に左近を尾行た。
左近は、駒込片町から追分に出た。

本郷通りの東側には、加賀国金沢藩江戸上屋敷と御先手組の土塀が長く続いていた。

三

左近は追分を過ぎ、金沢藩江戸上屋敷の前を抜け、北ノ天神真光寺の境内に入った。

「どうする……」

「俺が先に行く……」

渡世人が三度笠を脱ぎ、左近を追った。

雲水が続いた。

北ノ天神真光寺の境内には、参拝客が訪れ、近所の幼子が遊んでいた。

左近は、本殿に手を合わせて奥に進んだ。

本殿の奥には、宝物殿や神輿蔵などがあった。

左近は、宝物殿の裏に廻り、地を蹴って屋根に跳んだ。

渡世人は、追って宝物殿の裏に廻って来た。
刹那、宝物殿の屋根にいた左近が鉤縄を放った。
鉤縄は、渡世人の首に巻き付いた。
渡世人は、三度笠を落として踠いた。
左近は、間髪を容れずに鉤縄を引いた。
渡世人は、一気に屋根に引き摺り上げられ、鉤縄に首を絞められた。
左近は、渡世人を屋根に引き摺り上げた。
渡世人は、鉤縄に首を絞められて息絶えていた。
左近は見定め、渡世人の死体を宝物殿の屋根に残し、反対側に走って大きく跳んだ。

雲水は、渡世人を追って宝物殿の裏に来た。
宝物殿の裏には、左近と渡世人の姿はなく、三度笠だけが落ちていた。
雲水は、三度笠を拾って辺りを見廻した。
左近と渡世人はいない。
雲水は焦り、宝物殿の周りを廻った。

左近が、鳥居を潜って出て行くのが見えた。
おのれ……。
雲水は、渡世人を探すのを止めて左近を追った。

後一人……。
左近は、北ノ天神真光寺を出て、本郷通りを横切り、切通(きりどおし)に進んだ。
雲水が追って来る……。
左近は見定め、切通を湯島天神裏に向かった。
雲水は、充分な距離を取って尾行(つけ)た。
人足に続いて渡世人……。
雲水は、仲間の二人の忍びが消えたのに戸惑いながらも、左近を尾行た。
左近は、雲水を見定めて切通を進んだ。
生け捕りにして責め、秩父刑部の居場所を吐かせるか……。
それとも、撒いて泳がせ、秩父刑部の許に行かせるか……。
左近は、切通から女坂(おんなざか)を上がって湯島天神の境内に向かった。

左近は、湯島天神の東の鳥居から境内に入った。

境内は本殿の背後になり、参拝を終えた者が散策をしていた。

左近は、本殿の前に進んだ。

参拝客が行き交っていた。

印半纏(しるしばんてん)を着た職人が、左近の前を横切って隅の茶店に入って行った。

はぐれ忍びの小五郎……。

左近は、印半纏を着た職人をはぐれ忍びの小五郎だと見定めた。

小五郎は、横切った時、ちらりと左近を一瞥(いちべつ)した。

よし……。

左近は、隅の茶店に向かった。


小五郎は、縁台に腰掛けて茶を飲んでいた。

「亭主、茶を頼む……」

左近は、縁台で茶を飲んでいる小五郎の隣に腰掛けた。

「雲水、何者だい……」

小五郎は、湯呑茶碗で口元を隠して石燈籠(いしどうろう)の陰にいる雲水を一瞥した。

雲水は、石燈籠の陰から茶店の左近を見張っていた。

「お待たせしました」

老亭主が、左近に茶を持って来た。

「秩父刑部配下の忍び。王子権現からの送り狼だ……」

左近は、運ばれた茶を飲みながら告げた。

「王子権現……」

「ああ……」

「どうする……」

小五郎は、左近の出方を窺った。

「捕えて秩父刑部の居場所を吐かせるか、撒いて泳がせ、秩父刑部の許に帰らせるか……」

左近は、湯呑茶碗で口元を隠した。

「泳がせるなら、後は引き受ける」

小五郎は、小さく笑った。

「ならば、頼む……」

左近は、茶を啜った。

「うむ……」

小五郎は、茶を飲み干し、茶代を置いて出て行った。

左近は、茶を飲み続けた。

僅かな刻が過ぎた。

雲水は、左近を見張り続けた。

頃合いだ……。

左近は、動き時を見計らった。

「亭主、厠を借りるぞ」

左近は、老亭主に声を掛けた。

「厠は裏ですよ」

老亭主は、茶店の裏を指差した。

「うむ……」

左近は、茶店の奥に入って行った。

雲水は、石燈籠の陰を出て茶店の裏手に廻った。


厠は板戸を閉めていた。

雲水は、木陰から見守った。

厠の板戸は閉まったままであり、左近が出て来る気配はない。

どうした……。

雲水は、微かな苛立ちを過らせた。

茶店の裏から老婆が現れ、厠に近付いた。

雲水は、緊張した面持ちで見詰めた。

老婆は、厠の板戸を開けて入って行った。

雲水は呆然とした。

厠に左近はいなかった。

雲水は焦り、辺りに左近を探した。

だが、左近の姿は何処にもなかった。

雲水は、左近に撒かれたのに気が付いた。

厠から老婆が現れ、手水を使って茶店に戻って行った。

雲水は、厠に駆け寄って中を検めた。

厠の中には誰もいなかった。

撒かれた……。

雲水は、左近に撒かれたのを認めるしかなかった。


小五郎は、木陰から茶店の裏の厠を見守っていた。

雲水は、肩を落として厠から離れた。

小五郎は、雲水を尾行始めた。

左近は、雲水と尾行る小五郎を見送った。

湯島天神は夕陽に照らされた。


不忍池に夕陽は映えた。

伊賀忍びの総師服部道伯は、不忍池の畔の香心寺に入ったままだった。

小平太は、木陰から見張り続けた。

香心寺の山門は、寺男の万助によって開けられた。

服部道伯が現れ、辺りを見廻して編笠(あみがさ)を被った。そして、万助に何事かを告げ、不忍池の畔に進んだ。

「お気を付けて……」

寺男の万助は、編笠を被って立ち去って行く服部道伯を見送り、香心寺の山門を閉めた。
よし……。
小平太は、服部道伯を追った。

不忍池は大禍時(おおまがとき)に覆われ、畔を行き交う人も途絶えた。
小平太は、服部道伯を慎重に尾行した。
服部道伯は何処に行くのか……。
小平太は、服部道伯の後ろ姿を見据えた。
刹那、殺気が襲い掛かった。
小平太は、咄嗟に立木の根元に転がって隠れた。
幾つかの十字手裏剣が、小平太の隠れた立木の根元に突き刺さった。
伊賀忍び……。
小平太は、服部道伯に影供(かげとも)がいたのに気が付いた。
伊賀忍びが現れ、小平太に襲い掛かった。
小平太は、棒手裏剣を放った。
伊賀忍びは跳び退き、素早く小平太を包囲した。

拙(まず)い……。
小平太は、忍び刀を抜き放ちながら伊賀忍びの一人に跳んだ。
伊賀忍びの一人が、血を飛ばして倒れた。
小平太は、伊賀忍びの包囲を破った。
服部道伯が行く手に現れた。
小平太は身構えた。
「秩父忍びか……」
服部道伯は、小平太を見据えた。
感情の窺えない眼だった。
小平太は、背筋に冷たいものを感じた。
「此れ迄だ……」
服部道伯は、嘲笑を浮かべた。
伊賀忍びが、忍び刀を構えて小平太に殺到した。
小平太は、傍の大木に駆け登った。
伊賀忍びは、大木に駆け登る小平太に十字手裏剣を放った。
小平太は、大木の茂みに隠れた。

「生け捕りにしろ」
服部道伯は命じた。
伊賀忍びは、大木に登りはじめた。
次の瞬間、小平太は大木の梢から不忍池に大きく跳んだ。
服部道伯と伊賀忍びは見上げた。
小平太は、宙を大きく跳んで不忍池に跳び込んだ。
水飛沫が月明かりに煌めき、水鳥が甲高く鳴いて羽音を鳴らした。
伊賀忍びは、水飛沫の上がった水面に十字手裏剣を一斉に投げ込んだ。
「止めろ……」
服部道伯は制し、水面を見詰めた。
伊賀忍びは、十字手裏剣を握り締めて水面を見守った。
静寂が訪れた。
水面が鎮まった。
小平太は、水面に浮かび上がらなかった。
不忍池は夜の闇に覆われた。

三味線堀松河藩江戸中屋敷は、夜の闇に沈んでいた。

左近に撒かれた雲水は、松河藩江戸中屋敷に入って行った。

はぐれ忍びの小五郎は、物陰から見届けた。

この大名屋敷は……。

小五郎は、雲水の入った大名屋敷が筑後国松河藩江戸中屋敷だと気が付いた。

三味線堀の脇から男が現れ、松河藩江戸中屋敷を窺った。

見張り……。

小五郎は、何者かが松河藩江戸中屋敷を見張っているのを知った。

秩父刑部配下の忍びの雲水と拘わりある大名屋敷を見張る者となれば、見張りは服部道伯配下の伊賀忍びなのか……。

小五郎は読んだ。


柳森稲荷前の空き地の奥の葦簀掛けの飲み屋には、小さな明かりが灯された。

「王子権現か……」

嘉平は眉をひそめた。

「ああ……」

左近は頷いた。

「よし。王子界隈（かいわい）に住むはぐれ忍びにちょいと調べてもらうか……」

嘉平は、笑みを浮かべた。

はぐれ忍びは、江戸中に住み着いている。

「頼む……」

左近は頷いた。

嘉平が、葦簀越しに暗い外を見詰めた。

「誰かな……」

左近は、暗い外に人の気配を感じた。


小平太は、濡れた着物と軽衫袴（かるさんばかま）を脱ぎ、下帯一本になって身体を拭いていた。

「どうした。小平太……」

左近と嘉平が、葦簀掛けの飲み屋から出て来た。

「伊賀の服部道伯、愛宕下の老中内藤忠泰の相良藩江戸上屋敷から現れましてね。後を尾行たら三味線堀にある筑後国松河藩江戸中屋敷に行き、配下の伊賀忍びを忍ばせましてね」

小平太は報せた。

「筑後国松河藩江戸中屋敷……」

左近は眉をひそめた。

「ええ。それから香心寺に寄り、何処に帰るのか見届けようとしたのですが……」

「気が付かれたか……」

左近は苦笑した。

「はい。で、不忍池の畔で伊賀忍びに襲われ、不忍池に飛び込んで逃げて来ました……」

小平太は、悔しそうに告げた。

「それで良い……」

左近は、小平太が無事に逃げて来たのに安堵した。

「はい……」

小平太は頷いた。

「とにかく、無事が一番だ……」

嘉平は笑った。

柳森稲荷の空き地に人影が揺れた。

左近、小平太、嘉平は身構えた。

「俺だ……」

人影は、はぐれ忍びの小五郎だった。

「おう。小五郎か……」

嘉平は迎えた。

「ああ。坊主の行き先、見届けたぜ」

小五郎は、左近に告げた。

「そいつはありがたい。して、何処に……」

「三味線堀の筑後国松河藩の江戸中屋敷だ」

小五郎は報せた。

「松河藩江戸中屋敷だと……」

嘉平は眉をひそめた。

「ああ。で、松河藩江戸中屋敷、伊賀忍びに見張られていた」

小五郎は苦笑した。

「左近さま……」

　小平太は眉をひそめた。

「うむ。どうやら、秩父刑部の背後に潜んでいるのは、筑後国松河藩か……」

　左近は読んだ。

「筑後国松河藩となると、殿さまは……」

「黒崎忠政だ……」

　小五郎は、筑後国松河藩について調べてきていた。

「黒崎忠政か。して、松河藩に何かあるのかな……」

　嘉平は首を捻った。

「公儀大目付水野義信を闇討ちしなければならない理由か……」

　左近は読んだ。

「そいつは未だだが、何かあるのだろうな」

　小五郎は頷いた。

「よし。明日、ちょいと筑後国松河藩と殿さまの黒崎忠政の評判、集めてみるか……」

　嘉平は笑った。

「頼む……」

左近は頷いた。

葦簀掛けの飲み屋の小さな明かりが瞬いた。

秩父刑部は、王子権現を根城にして三味線堀の松河藩江戸中屋敷を忍び宿にしているのだ。

秩父刑部は、王子権現か松河藩江戸中屋敷の何方にいる……。

左近は読んだ。


三味線堀は日差しに煌めいた。

左近は、出羽国秋田藩江戸上屋敷の屋根に潜み、突き当たりの松河藩江戸中屋敷を窺った。

松河藩江戸中屋敷には、忍びの者の結界が張られていた。

秩父刑部配下の忍びの結界か……。

左近は睨み、松河藩江戸中屋敷に石を投げ込んだ。

石は、松河藩江戸中屋敷に落ちた。

結界が大きく揺れた。

左近は、結界を張っている秩父刑部配下の忍びの出方を窺った。

殺気が湧いた。

左近は眉をひそめた。


忍びの者が一人、松河藩江戸中屋敷の奥御殿の屋根に現れた。

数人の忍びの者が追って現れ、一人の忍びの者に襲い掛かった。

忍び込んでいた伊賀忍びが、左近の投げた石に反応した秩父刑部配下の忍びに見付けられたのだ。

伊賀忍びは、脱出をしようと必死に闘った。

だが、秩父刑部配下の忍びの者たちに容赦(ようしゃ)はなかった。

忍び刀が煌めき、息が激しく鳴った。

伊賀忍びは、多くの秩父忍びに取り囲まれて姿を消した。

血の臭いが微かに漂った。

秩父刑部配下の忍びたちは、伊賀忍びに手傷を負わせて捕え、引き立てた。


よし……。

左近は、秋田藩江戸上屋敷の表御殿の屋根を降り、松河藩江戸中屋敷の土塀を窺った。

結界は、未だ張り直されていなかった。

今だ……。

左近は、未だ結界の張り直されていない土塀に跳んだ。そして、直ぐに作事(さくじ)小屋の屋根に跳んで忍んだ。


作事小屋の屋根に忍び、松河藩江戸中屋敷の様子を窺った。

松河藩江戸中屋敷も奥御殿は内塀に囲まれ、土蔵や厩(うまや)などが連なっていた。

そして、その外に土塀が廻されている。

手傷を負った伊賀忍びは、念仏を唱えながら奥の土蔵に秩父刑部配下の忍びたちに引き立てられた。

おそらく土蔵で拷問(ごうもん)を受けるのだ。

奥の土蔵から忍びの者が現れ、外の土塀に結界を張り直した。

結界は外に向かって張られ、内には弱かった。

左近は、作事小屋の屋根から跳び下り、奥御殿の内塀に跳んだ。

内塀は、奥御殿と奥庭を取り囲んでいた。

左近は、内塀を跳び越えて奥庭に潜んだ。

奥御殿は藩主一族の暮らす処であり、中屋敷でも雨戸を閉め切っていた。

中屋敷詰の家来は少なく、秩父刑部配下の忍びの者が多く、表御殿に用のある者は殆どいなかった。

左近は、表御殿に人の気配がないのを見定め、表御殿に進んだ。

表御殿の前にある表門の両脇には長屋塀が続き、内塀の外には重臣屋敷があった。

もし、秩父刑部が潜んでいるとしたら、おそらく重臣屋敷だ。

左近は読み、重臣屋敷を窺った。

四

不忍池の畔、香心寺は山門を閉じていた。

今のところ、服部道伯と配下の忍びの者の出入りはない……。

小平太は、木陰から見張った。
印半纏を着た職人が足早にやって来て、香心寺の土塀を越えて入って行った。
松河藩江戸中屋敷の見張りに就いた伊賀忍びの青猿……。
小平太は見定めた。
その青猿が、一人で足早にやって来たのだ。
松河藩江戸中屋敷に忍び込んだ伊賀忍びの念仏に何かあったのか……。
小平太は読み、香心寺に潜む伊賀忍びの動きを見張った。
僅かな刻が過ぎた。
香心寺の山門が開いた。
動く……。
小平太は緊張した。
開いた山門から寺男の万助が現れ、辺りに不審がないのを見定めて背後を振り向いた。
托鉢坊主姿の青猿が現れ、万助と言葉を交わし、饅頭笠を被って出掛けた。
十人の托鉢坊主が現れ、万助に見送られて青猿に続いた。
よし……。

小平太は追った。

松河藩江戸中屋敷は、結界を張り直して静寂に覆われていた。
重臣屋敷には、秩父刑部はいなかった。
秩父刑部は、松河藩江戸中屋敷ではなく、王子権現に潜んでいるのか……。
左近は見定めた。
その時、中屋敷の結界が揺れた。
どうした……。
左近は、表御殿の屋根に跳んだ。

左近は、表御殿の屋根に忍び、周囲を見廻した。
松河藩江戸中屋敷の表門前には、三人の托鉢坊主が佇んで声を揃えて経を読んでいた。
伊賀忍び……。
左近は睨んだ。
結界を張る秩父刑部配下の忍びは、表門前に集まって来ていた。

横手と裏の結界は緩む……。

左近は、両横の土塀を見た。

伊賀忍びが饅頭笠と衣を脱ぎ棄て、結界の緩んだ両横の土塀に四人ずつ取り付いていた。

両横の伊賀忍びは八人……。

表門の三人と合わせて十一人……。

左近は読んだ。

両横の土塀に取り付いた八人の伊賀忍びは、緩んだ結界を破って松河藩江戸中屋敷に侵入した。

両横に結界を張っていた秩父刑部配下の忍びの者たちは慌てた。

伊賀忍びたちは、秩父刑部配下の忍びの者に襲い掛かった。

殺気が激しく渦を巻いた。

伊賀忍びは、秩父刑部配下の忍びの者を次々に倒した。

表門に詰めた秩父刑部配下の忍びの者たちは狼狽え、慌てて両横の土塀に戻った。

だが、伊賀忍びの勢いは止まらなかった。

表門と正面の土塀に結界を張っていた秩父刑部配下の忍びたちは、激しく狼狽えた。

小平太は、物陰に潜んで表門前の托鉢坊主たちを見守った。

托鉢坊主の一人が、結界を張っている秩父刑部配下の忍びの者に苦無(くない)を放った。

同時に二人の托鉢坊主が、衣を翻して表門脇の土塀に跳んだ。

苦無は飛び、秩父刑部配下の忍びの胸に突き刺さった。

土塀に跳んだ二人の托鉢坊主は、錫杖に仕込んだ刀を振るった。

秩父刑部配下の二人の忍びが倒れた。

苦無を投げた托鉢坊主は、饅頭笠を取った。

青猿だった。

青猿は、衣を脱ぎ棄てて忍び姿になり、松河藩江戸中屋敷に跳び込んだ。

顚末(てんまつ)を見届ける……。

小平太は、物陰から出た。

青猿たち伊賀忍びは、松河藩江戸中屋敷に潜む秩父刑部配下の忍びを翻弄、蹂躙(じゅうりん)した。

左近は、表御殿の屋根から見守った。

「左近さま……」

小平太が現れた。

「伊賀者を追って来たか……」

左近は笑った。

「はい……」

小平太は頷いた。


秩父刑部配下の忍びの者たちは、斃(たお)され、逃げ去り、手傷を負って捕えられた。

そして、土蔵で責められていた伊賀忍びの念仏が半死半生で助けられた。

「大丈夫か、念仏……」

青猿は笑い掛けた。

「ああ。助かった。青猿、皆……」

念仏は、引き攣(つ)った笑みを浮かべた。

「よし。捕えた秩父忍びを引き据えろ」

青猿は命じた。

伊賀忍びたちは、捕えた二人の秩父刑部配下の忍びの者を引き据えた。

「秩父忍びの頭は誰だ……」

青猿は、二人の秩父刑部配下の忍びの者を厳しく見据えた。

「秩父刑部さまだ……」

「秩父刑部……」

「ああ……」

「その秩父刑部、何処にいる……」

「し、知らぬ……」

秩父刑部配下の忍びの者の一人は惚けた。

「惚けるな……」

青猿は、惚けた秩父刑部配下の忍びを殴り飛ばした。

「もう一度訊く、頭は何処にいる……」

青猿は訊いた。

惚けた秩父刑部配下の忍びは、血の混じった唾を吐いた。

「おのれ……」

青猿は、血唾を吐いた秩父刑部配下の忍びの胸に苦無を突き刺した。

秩父刑部配下の忍びは絶命した。

青猿は、残る秩父刑部配下の忍びを冷たく見据え、鋒から血の滴る苦無を突き付けた。

残る秩父刑部配下の忍びは、恐怖に顔を歪めて震え上がった。

「頭は何処にいる……」

「王子だ、王子権現だ……」

残る秩父刑部配下の忍びは吐いた。

「王子権現だな……」

「ああ……」

「嘘偽りはないな……」

「な、ない……」

残る秩父刑部配下の忍びは頷いた。

「ご苦労……」

青猿は、苦無を一閃した。

残る秩父刑部配下の忍びは、首の血脈を斬られて血を振り撒き、斃れた。

「よし。引き上げる……」

青猿たち伊賀忍びは、助け出した念仏を伴って松河藩江戸中屋敷から引き上げた。

「香心寺に戻り、総帥の服部道伯に頭の秩父刑部は王子権現にいると報せるのでしょう」

小平太は読んだ。

「うむ。だが、秩父刑部、本当に王子権現に潜んでいるのか……」

左近は眉をひそめた。

「左近さま……」

小平太は、戸惑いを浮かべた。

「小平太、俺は赤坂にある松河藩江戸上屋敷に行ってみる」

左近は告げた。

「松河藩江戸上屋敷ですか……」

「うむ。秩父刑部は松河藩の黒崎忠政に雇われて、大目付の水野義信や目付の北原主水正を闇討ちした。以来、秩父刑部は黒崎忠政の影として動いているようだ」

左近は読んだ。

「ならば、王子権現は……」

小平太は眉をひそめた。

「我々や伊賀忍びを惑わす為の小細工かもしれない……」

左近は読んだ。

「分かりました。ならば、私は引き続き伊賀忍びを見張り、王子権現に行くかどうか見届けます」

小平太は告げた。

「うむ。小平太、忍びの極意は闘わずに目的を果たす事だ。呉々も命を惜しめ」

左近は命じた。

「はい。心得ております。では……」

小平太は笑みを浮かべて頷き、松河藩江戸中屋敷の表御殿の屋根から下りて行った。

左近は見送り、表御殿から大きく跳んだ。

溜池には風が吹き抜け、幾筋かの小波が走っていた。
筑後国松河藩江戸上屋敷は、赤坂氷川神社の傍にあった。
左近は、松河藩江戸上屋敷を眺めた。
松河藩江戸上屋敷は表門を閉め、静寂に覆われていた。
左近は、松河藩江戸上屋敷の周囲を廻って警戒の様子を窺った。
忍びの結界は張られていないが、屋敷内の警戒は厳しいようだ。
左近は見定めた。
虚無僧が現れ、天蓋を僅かに上げて左近を窺い、通り過ぎて行った。
誘っている……。
左近は読んだ。
虚無僧は、氷川神社の境内に入って行った。
左近は続いた。
氷川神社の参詣客は少なかった。
虚無僧は、参道の脇にある茶店に入り、茶を頼んで天蓋を取った。

はぐれ忍びの陣八だった。

左近は、茶を頼み、茶店の縁台に陣八と並んで腰掛けた。

「松河藩が大目付と目付を闇討ちした理由、何か分かったかな……」

左近は尋ねた。

「理由は分からぬが、噂はいろいろある……」

陣八は、運ばれた茶を啜って苦笑した。

「どんな噂だ」

「筑後の国許での抜け荷や隠し田。公儀の外濠の石垣修復普請(ふしん)の役目を回避する為、公儀のお偉いさんに小判をばら撒いた。おまけに、新刀の斬れ味を試そうと辻斬りを働いた……」

陣八は、茶を飲みながら呆(あき)れたように告げた。

「成る程。いろいろあるな……」

左近は、茶を啜った。

「うむ。どの噂が本当なのか、嘘なのか。それとも全部が只(ただ)の噂なのか……」

陣八は苦笑した。

「そうか。そして、噂の真偽(しんぎ)を探り始めた大目付の水野義信や目付の北原主水正を秩父刑部に頼んで闇討ちにした……」

左近は睨んだ。

「うむ……」

「となると、噂の中には、突き止められては困る事実があるか……」

「そんなところかな……」

陣八は頷いた。

「馬鹿な話だが、それで充分だ……」

左近は苦笑した。


伊賀忍びの青猿は、配下を従えて王子権現に向かった。

「忍びの極意は、闘わずして目的を果たす事だ。呉々も命を惜しめ……」

小平太は、左近の言葉を思い出しながら慎重に追った。

青猿たち伊賀忍びは、板橋の宿の手前の岩屋弁天道に曲がり、王子権現に進んだ。

小平太は追った。

王子権現は参拝客で賑わっていた。

多くの参拝客は、遊山がてらに王子権現を訪れ、飛鳥山の麓に連なる料理屋や茶屋を楽しんでいた。

青猿たち伊賀忍びは、秩父刑部と配下の忍びの者を探して王子権現、王子稲荷、飛鳥山に散った。

小平太は、青猿を追い掛けようとした。

「伊賀者か……」

男の声がした。

小平太は振り返った。

はぐれ忍びの小五郎が、職人姿でいた。

「小五郎さん……」

小平太は、小五郎に駆け寄った。

小五郎は、秩父刑部と配下の忍びの探索で王子権現に先行していた。

「伊賀の青猿。秩父刑部配下の忍びから刑部は王子権現に潜んでいると訊き出し、探しに来たのですが……」

小平太は、先行していた小五郎の探索結果を訊いた。

「そいつなんだがな、王子権現を調べた限り、秩父刑部配下の忍びらしき者はいるが、刑部本人がいる気配は余り感じられないのだ」

小五郎は、戸惑いを過(よぎ)らせた。

「やはり……」

小平太は、思わず呟(つぶや)いた。

小五郎は訊き返した。

「はい。左近さまが、王子権現に秩父刑部が潜んでいるようには思えぬと……」

小平太は告げた。

「左近どのがそう云ったのか……」

「はい……」

小平太は頷いた。

「ならば、秩父刑部が王子権現に潜んでいるというのは、眼晦(めくら)ましか……」

小五郎は眉をひそめた。

「小五郎さんも刑部のいる気配を感じないとなると、きっと……」

小平太は頷いた。

「じゃあ、秩父刑部は何処に……」

「左近さまの睨みでは、筑後国松河藩藩主黒崎忠政の処ではないかと……」

「黒崎忠政の処となると、赤坂の松河藩江戸上屋敷か……」

小五郎は読んだ。

「はい……」

「成る程。そうかもしれぬな。して、小平太。お前はどうするのだ……」

「青猿たち伊賀忍びと秩父刑部配下の忍び、どんな決着になるか、見届けるつもりです」

小平太は告げた。

「面白い。俺も付き合うか……」

小五郎は笑った。


松河藩江戸上屋敷からは、半刻(はんとき)(約一時間)置きに家来たちが現れてそれとなく周囲の見廻り、警戒をしていた。

屋敷内の警戒は厳重だ……。

左近は読んだ。

そして、屋敷内には秩父刑部と配下の忍びが潜み、雇い主である松河藩藩主の黒崎忠政の警護に就いている筈だ。

見定める……。

左近は、松河藩江戸上屋敷に忍び込むと決めた。

五人の家来たちが表門脇の潜り戸から現れ、氷川神社の方に見廻りに進んだ。

次いで新たな五人の家来が現れ、反対側に進んで行った。

十人の家来たちは二手に分かれ、屋敷の両側から見廻りをしているのだ。

よし……。

左近は、松河藩江戸上屋敷の裏に走った。

二手に分かれた見廻りの家来たちは、屋敷の裏手で交差して一廻りする。

左近は、屋敷の裏手に先廻りをし、二手に分かれた見廻りの家来たちを待った。

僅かな刻が過ぎた。

氷川神社側から、五人の家来が見廻りをしながらやって来た。

左近は塗笠を目深(まぶか)に被り、物陰に忍んで五人の見廻りの家来が通り過ぎるのを待った。

五人の見廻りの家来は、物陰に忍んだ左近の前を通り過ぎた。

刹那、左近は物陰を跳び出し、五人の見廻りの家来に背後から襲い掛かった。

五人の家来は驚いた。

左近は、驚いた五人の家来たちを容赦なく殴り、蹴り、投げ飛ばした。

一瞬の出来事だった。

五人の家来たちは、倒されて気を失った。

左近は、物陰に跳び退いた。

五人の見廻りの家来が反対側から現れ、倒れている家来たちに驚いた。そして、呼子笛(よびこぶえ)を吹き鳴らし、駆け寄った。


呼子笛の音が甲高く鳴り響いた。

屋敷内の警戒をしていた家来たちは、呼子笛の鳴り響いている裏手に走った。

警戒網は崩れた。

左近が横手の土塀を越えて現れ、素早く厩の屋根に跳び上がった。

表御殿や侍長屋から家来たちが現れ、裏手や表門の警戒を急いだ。

左近は、厩の屋根から隣の土蔵に跳んだ。

土蔵の屋根からは、内塀に囲まれた表御殿と奥御殿が見えた。

よし……。

左近は、土蔵の屋根に忍んで松河藩江戸上屋敷内を窺った。

倒された五人の見廻りの家来たちが、仲間に助けられながら表御殿に戻って来た。そして、裏手に駆け付けた家来たちは戻り、屋敷内は次第に平静に戻って行った。

左近は、土蔵の屋根に忍んで屋敷が鎮まるのを待った。

家来たちは、再び警備に就いた。

表御殿を囲む内塀から軽衫袴(かるさんばかま)の侍たちが現れ、屋敷内に散った。

秩父刑部配下の忍び……。

左近は睨んだ。

秩父刑部配下の忍びは、騒ぎを起こして江戸上屋敷内に忍び込んだ者がいないか検めに出て来た。

左近は読み、土蔵の屋根の軒下に潜んで己の気配を消した。

秩父刑部配下の忍びは、屋敷内の隅から隅迄を検め始めた。

左近は、己の気配を消し続けた。

第四章　秩父忍び

一

王子権現は参拝客で賑わった。

青猿たち伊賀忍びは、王子権現や王子稲荷に散り、秩父刑部が潜む場所を探した。

小平太と小五郎は、青猿の動きを見守った。

青猿たち伊賀忍びは、次第に飛鳥山に向かって行った。

「小平太、どう見る……」

小五郎は、微(かす)かな戸惑いを見せた。

「飛鳥山ですか、何だか誘い込まれているようですね」

小平太は眉をひそめた。

「やはり、そう見るか……」

「じゃあ、小五郎さんも……」

「うむ。秩父刑部配下の忍び、伊賀忍びを誘き寄せ、仕掛けるつもりかな……」

小五郎は読み、飛鳥山に進む青猿たち伊賀忍びを追った。


青猿たち伊賀忍びは、料理屋や茶屋の連なりを抜け、音無川に架かる飛鳥橋を渡り、桜の名所として名高い飛鳥山に入った。

小平太と小五郎は追った。

青猿たち伊賀忍びは、飛鳥山の雑木林に踏み込んだ。そして、雑木林の奥に進んだ。

刹那、雑木林の梢から何本もの弩の矢が放たれた。

弩の矢は、矢羽根を短く鳴らして伊賀忍びに襲い掛かった。

数人の伊賀忍びが倒れた。

「散れ……」

青猿は命じた。

伊賀忍びは、木陰や茂みに隠れた。

秩父刑部配下の忍びの弩の矢による攻撃は続いた。

青猿たち伊賀忍びは、必死に耐えた。

弩の矢の攻撃が止まった。

青猿たち伊賀忍びは、木陰や茂みに隠れて見定めた梢の秩父刑部配下の忍びの者に十字手裏剣を投げた。

秩父刑部配下の忍びの者たちは怯んだ。

青猿たち伊賀忍びは、動き廻りながら十字手裏剣を放った。

秩父刑部配下の忍びが梢から跳び下り様に、十字手裏剣を投げる伊賀忍びを斬り下げた。

青猿たち伊賀忍びは怯んだ。

秩父刑部配下の忍びたちが、次々に梢から伊賀忍びに跳び掛かった。

青猿たち伊賀忍びと秩父刑部配下の忍びの乱戦が始まった。

忍びの者たちの乱戦には、気合や悲鳴はなく、刃の噛み合う音や肉体のぶつかり合う音、そして荒い息遣いだけが響いた。

小平太と小五郎は見守った。

忍びの者同士の殺し合いは続いた。

深手を負った忍びは次々に消え、闘う者は少なくなっていった。

青猿たち伊賀忍びは、秩父刑部配下の忍びを押した。

秩父刑部配下の忍びは退いた。

青猿たち伊賀忍びは、手傷を負いながらも三人残っていた。

青猿たちは、太股から血を流して倒れている秩父刑部配下の忍びを取り囲んだ。

「頭は何処だ……」

青猿は、苦無を突き付けて責めた。

「頭は此処にはいない……」

秩父刑部配下の忍びは、既に戦意を失って吐き棄てた。

「ならば、王子権現は……」

「眼晦ましの当て馬だ」

秩父刑部配下の忍びは苦笑した。

「やはりな。となると、頭は筑後国松河藩江戸上屋敷か……」

青猿は尋ねた。

「ああ……」

秩父刑部配下の忍びは頷(うなず)いた。

「そうか、良く分かった……」

青猿は、見据えて秩父刑部配下の忍びの首に苦無を突き付けた。

「命永らえ、頭に報せるのを恐れるか……」

秩父刑部配下の忍びは苦笑した。

「念には念を入れる。そいつが忍びだ……」

青猿は、苦無を閃かせた。

秩父刑部配下の忍びは、首から血を振り撒(ま)いて斃(たお)れた。

青猿は、小さな吐息を洩らし、残った二人の伊賀忍びと飛鳥山を下りて行った。


「小五郎さん……」

「うん。俺たちも柳森に引き上げるか……」

「はい……」

小平太と小五郎は、飛鳥山を下りて柳森稲荷に向かった。


松河藩江戸上屋敷は警戒を厳重にした。

左近は、土蔵の軒下に忍び続けた。

秩父刑部配下の忍びは、屋敷内を検めて忍びの者が侵入した形跡はないと見定め、奥御殿の警戒に戻って行った。

左近は、土蔵の屋根に戻り、表御殿の屋根に移る機会を窺った。

陽は西に大きく傾いた。


柳原通りの柳並木は、吹き抜ける風に緑の枝葉を揺らしていた。

柳森稲荷には参拝客が訪れ、空き地の露店には冷やかし客が行き交っていた。

葦簀掛けの飲み屋の縁台には、嘉平、陣八、小五郎、小平太がいた。

「そうか。王子権現の秩父刑部配下の忍びは滅んだか……」

嘉平は眉をひそめた。

「うん。所詮は眼晦ましの当て馬。刑部にしてみれば捨て駒。潰されるのは覚悟の上だろう……」

小五郎は、腹立たし気に告げた。

「そうか……」

嘉平は頷いた。

「非情なものだな……」

陣八は、眉をひそめた。

「ああ。そいつが嫌なら、さっさと抜け忍になり、はぐれ忍びになる事だ」

嘉平は苦笑した。

「それで、左近さまは……」

小平太は、陣八に尋ねた。

「左近さんは、既に松河藩江戸上屋敷に忍んだ筈だ」

陣八は笑った。

「そうですか……」

小平太は、微かな笑みを浮かべて頷いた。

「それで、松河藩は大目付や目付からいったい何を護ろうとしているのか分かったのか……」

小五郎は、陣八に尋ねた。

「そいつなんだが、松河藩には抜け荷に隠し田、金をばら撒いての公儀の普請逃れ、新刀の斬れ味試しの辻斬り、それはもう、いろいろあってな……」

陣八は苦笑した。

「どうやら、それらを大目付の水野義信や目付の北原主水正が探索を始めた。で、先手を打っての闇討ちか……」

嘉平は苦笑した。

夕陽は、神田川の流れを赤く染めた。


松河藩江戸上屋敷内には篝火が焚かれた。

夜空に火の粉が舞い、煙が渦を巻いて立ち昇っていた。

家来たちは、緊張した面持ちで見張り、見廻りをしていた。

左近は、大禍時に土蔵の屋根から表御殿の屋根に移り、忍んだ。

家来たちの警戒は厳しくなり、秩父刑部と配下の忍びは、奥御殿にいる藩主黒崎忠政の護りに就いている筈だ。

左近は、松河藩江戸上屋敷を取り囲む夜の闇に微かな殺気を覚えた。

伊賀忍び……。

左近は睨んだ。

伊賀忍びが、四方から忍び寄って来ているのだ。

秩父刑部と配下の忍びは、未だ気が付かないのか奥御殿から現れる事はなかった。

老中内藤忠泰は、大目付水野義信と目付北原主水正闇討ちの真相を知り、伊賀忍びの総帥服部道伯に松河藩藩主の黒崎忠政と秩父刑部の抹殺を命じたのだ。

左近は読んだ。

さあて、どうする……。

黒崎忠政はともかく、秩父刑部は未だ抹殺させる訳にはいかぬ。

となると、助けるしかないのか……。

左近は苦笑した。

伊賀忍びの殺気は迫った。

松河藩の家来たちは気が付かず、見張りや見廻りを続けていた。

刹那、向かい側の大名屋敷の屋根から伊賀忍びが半弓の矢を射た。

黒い矢羽根の矢は、夜の闇を飛んで松河藩江戸上屋敷内の篝火の一つに射込まれた。

黒い矢羽根の矢の矢柄に仕掛けられた火薬が炸裂した。

火が四方に噴き飛んだ。

見張りの家来の何人かが、火を浴びて倒れた。

伊賀忍びは攻撃を仕掛けた……。

左近は見守った。

松河藩の家来たちは驚き、激しく狼狽えた。

伊賀忍びたちは、松河藩江戸上屋敷の四方の土塀を乗り越えて攻撃を始めた。

秩父刑部配下の忍びが奥御殿から現れ、警戒網を張った。

遅い……。

左近は、秩父刑部配下の忍びの程度の低さに苦笑した。

伊賀忍びは、十字手裏剣を投げ、忍び刀を唸らせて松河藩の家来たちに襲い掛かった。

家来たちは、必死に応戦した。だが、一斉に襲い掛かった伊賀忍びに次々に倒されていった。

伊賀忍びは、青猿の采配で闘いながら奥御殿に向かった。

左近は、表御殿の屋根から松河藩家来たちと伊賀忍びの闘いを見守った。

いきなり背後に殺気が迫った。

左近は、夜空に跳んだ。

十字手裏剣が左近のいた処を飛び抜けた。

左近は、夜空で後転し、表御殿の屋根に現れた伊賀忍びに棒手裏剣を放った。

伊賀忍びは、棒手裏剣を胸に受けて倒れた。

左近は着地し、素早く奥御殿の屋根の破風(はふ)に忍んだ。

奥御殿の屋根では、青猿たち伊賀忍びが秩父刑部配下の忍びの護りを破り、崩していた。

左近は見守った。

青猿たち伊賀忍びは、秩父刑部配下の忍びを倒し、奥御殿に侵入しようとした。

半頰(はんぼお)に頭巾を被った忍びが現れ、手鉾(てぼこ)を一閃した。

二人の伊賀忍びが、血を振り撒いて倒れた。

伊賀忍びは怯んだ。

秩父刑部……。

左近は、半頰に頭巾を被った忍びを秩父刑部だと睨んだ。

「おのれ、秩父忍びの頭か……」

青猿は、秩父刑部を見据えた。

「黙れ……」

秩父刑部は踏み込み、手鉾を唸らせた。

青猿は跳び退き、千鳥鉄（ちどりがね）を振るった。

千鳥鉄の先の分銅が鎖を伸ばし、秩父刑部に飛んだ。

秩父刑部は、半身を開いて飛来する分銅を躱（かわ）し、伸びた鎖に手鉾を斬り下げた。

鈍い金属音が鳴った。

鎖は両断され、分銅は夜空に飛んだ。

青猿は、跳び退いて忍び刀を抜いた。

秩父刑部は、手鉾を構えて青猿に迫った。

青猿は、十字手裏剣を放った。

秩父刑部は、鋼（はがね）の鉄甲（てっこう）を嵌（は）めた腕で叩き落とし、一気に迫って手鉾を一閃した。

青猿は胸元を横薙（な）ぎに斬られて倒れ、奥御殿の屋根を転がり落ちた。

秩父刑部は、大きく息を吐いた。

左近は見守った。

秩父刑部は、奥御殿に戻ろうとした。

「おのれが秩父刑部か……」

夜空から嗄(しゃが)れ声が響いた。

秩父刑部は、立ち止まって振り返った。

刹那、秩父刑部の頭上から撒き菱が撒かれた。

秩父刑部は、撒き菱に取り囲まれて動きを封じられ、僅かに狼狽えた。

次の瞬間、万力鎖(まんりきぐさり)が回転しながら飛来し、秩父刑部の脚に絡み付いた。

秩父刑部は、おもわずよろめいて片膝をついた。

陣羽織(じんばおり)を纏(まと)った忍びが現れた。

伊賀忍びの総帥服部道伯……。

左近は見定めた。

「おのれ……」

秩父刑部は、服部道伯を睨み付けた。

「伊賀の服部道伯……」

道伯は、嘲笑を浮かべて名乗り、新たな万力鎖を廻して手鉾を構える秩父刑部に放った。

万力鎖は、回転しながら秩父刑部に迫った。

秩父刑部は、手鉾で回転しながら飛来する万力鎖を打ち払おうとした。

万力鎖は、回転して手鉾に巻き付いた。
「此れ迄だ……」
道伯は、忍び刀を構えて秩父刑部に迫った。
秩父刑部は、手鉾に巻き付いた万力鎖を外そうと焦った。
道伯は、秩父刑部に斬り掛かろうとした。
刹那、左近は破風の陰から棒手裏剣を道伯に投げた。
道伯は、咄嗟に跳び退き、破風に向かって十字手裏剣を連射した。
十字手裏剣は曲がり、次々に破風の陰に吸い込まれた。
曲がり込んだ十字手裏剣は、破風の陰から次々に弾き飛ばされた。
道伯は戸惑った。
左近が、破風の陰に立ち上がった。
「伊賀忍びの総帥、服部道伯だな……」
左近は笑い掛けた。
「おのれは……」
道伯は、油断なく身構えた。
秩父刑部は、既に屋根から姿を消していた。

「日暮左近……」

左近は名乗った。

「おのれが、日暮左近か……」

道伯は、嘲笑を浮かべて右手を上げた。

伊賀忍びの者たちが、左近を取り囲むように現れた。

「逃げるか、道伯……」

左近は苦笑した。

「片付けなければならぬ野暮用があってな」

道伯は、奥御殿の屋根を降りた。

松河藩藩主黒崎忠政と秩父刑部の抹殺……。

左近は、道伯の野暮用が何か気が付いた。

黒崎忠政はともかく、秩父刑部を殺されてはならない……。

「退け、邪魔するな……」

左近は、取り囲んだ伊賀忍びたちを鋭く見廻した。

伊賀忍びたちは、忍び刀を翳して左近に殺到した。

左近は、鋭く踏み込んで無明刀を横薙ぎに一閃した。

伊賀忍びが二人、斃れた。

「死に急ぐか……」

左近は、伊賀忍びたちに冷たく笑い掛けた。

伊賀忍びたちは怯んだ。

左近は、瓦を蹴って奥御殿の屋根から大きく跳んだ。

左近は、奥御殿の庭に跳び降りた。

奥御殿には、既に伊賀忍びの者たちが侵入していた。

左近は、開け放たれた雨戸から奥御殿に入った。

服部道伯は、寝間に入って来た。

伊賀忍びたちが迎えた。

「引き据えろ……」

道伯は命じた。

伊賀忍びたちは、絹の寝間着を着た肥った年寄りを服部道伯の前に引き据えた。

肥った年寄りは、恐怖に顔を醜く歪めて激しく震えていた。

「松河藩藩主の黒崎忠政か……」

道伯は、嘲り(あざけ)を浮かべた。

「ああ。やる。余(よ)を助けてくれたら、金でも何でも好きなだけやる。だから……」

黒崎忠政は、頰の肉を醜く震わせ、凍(い)て付いた。

道伯は、黒崎忠政の心(しん)の臓(ぞう)に長針を打ち込んで静かに押し込んだ。

黒崎忠政は眼を瞠(みは)り、涎(よだれ)と鼻水を垂らして絶命した。

道伯は嘲笑した。

二

松河藩江戸上屋敷は、服部道伯たち伊賀忍びに蹂躙(じゅうりん)された。

傷付き、生き残った家来たちは、表御殿や侍長屋に身を潜めた。

小平太は、土塀の上に潜んで松河藩江戸上屋敷内を窺った。

半頰に頭巾の秩父刑部が、庭に現れた。

小平太は、身を潜めて見守った。

「お頭、刑部さま……」

手傷を負って蹲(うずくま)っている忍びの者が、半頰に頭巾の刑部に苦しく声を掛けた。

刑部は、蹲っている忍びの者を冷たく一瞥(いちべつ)し、土塀を跳び越えた。

秩父刑部……。

小平太は、秩父刑部を追った。


服部道伯は、醜く息絶えた黒崎忠政を蔑(さげす)む眼差(まなざ)しで見下ろしていた。

「総帥……」

伊賀忍びが駆け寄って来た。

「どうだ……」

「秩父刑部、どうやら逃げ去ったようです」

伊賀忍びは告げた。

道伯は命じた。

「秩父刑部、口程にもない男だ。追え……」

伊賀忍びの者は、一斉に寝間から出て行った。

道伯は、嘲笑を浮かべて続いた。

奥庭は月明かりに蒼白く照らされていた。

服部道伯は、奥御殿から奥庭に出て来た。

「黒崎忠政を始末したか……」

左近がいた。

「うむ。黒崎忠政、大目付水野義信と目付の北原主水正闇討ちを命じた報い。明日、卒中で頓死したと公儀に届けが出されるだろう」

道伯は冷笑した。

「そうか。して、秩父刑部は……」

左近は訊いた。

「うむ。既に此処から逃げ出していた」

道伯は、蔑むように告げた。

「逃げた……」

左近は戸惑った。

「ああ。秩父刑部、必ず探し出し、始末してくれる」

道伯は嘲笑した。

「そいつは、俺の用が済んでからにしてもらおう……」

左近は、道伯を見据えた。

「用だと……」

「うむ……」

左近は苦笑した。

「そうはいかぬ……」

道伯は、右手を一閃した。

苦無が煌めき、左近に向かって飛んだ。

左近は、鉄甲を嵌めた腕で打ち払った。

金属音が甲高く鳴り、苦無は弾き飛ばされた。

道伯は、忍び刀を抜き、地を蹴って左近に鋭く跳び掛かった。

左近は、無明刀を抜き放った。

閃光が走った。

道伯は、陣羽織を翻して夜空で回転し、左近の背後に跳び降りた。

陣羽織の裾が斬り飛ばされていた。

「おのれ……」

道伯は、怒りを滲ませて裾を斬られた陣羽織を脱ぎ棄てた。
左近は、道伯に斬り掛かった。
道伯は応じた。
左近と道伯は、鋭く斬り結んだ。
刃の噛み合う音が鳴り、火花が飛び散り、焦げ臭さが漂った。
左近は、無明刀を鋭く一閃した。
鈍い金属音が鳴り、道伯の忍び刀の刀身が鍔元から折れて夜空に飛ばされた。
道伯は、大きく跳び退いた。
左近は笑った。
「おのれ……」
道伯は、腰に差していた一尺半（約四五センチ）の長さの鉄の棒を抜いて一振りした。
鉄の棒の先から一尺程の長さの両刃の穂先が飛び出した。
鉄の棒は、二尺半程の長さの両刃の忍び槍になった。
道伯は、両刃の忍び槍を構えた。
左近は、無明刀を唸らせた。

道伯は、忍び槍を刀のように扱い、激しく斬り結んだ。
左近と道伯は、大きく跳び退いて対峙した。
左近は、無明刀を頭上高く真っ直ぐ構えた。
天衣無縫の構えだ。
「おのれ、嘗めた真似を……」
道伯は、忍び槍を背後に斜に構え、地を蹴って猛然と左近に走った。
忍び槍を背後に構えたのは、間合いを読ませない為だった。
左近は眼を瞑り、五感を研ぎ澄ませた。
道伯は、左近に迫り、忍び槍を鋭く突き出した。
左近は、眼を瞑ったまま無明刀を真っ向から鋭く斬り下げた。
剣は瞬速……。
無明斬刃……。
無明刀と忍び槍の放つ閃光が交錯した。
左近と道伯は、残心の構えを取った。
僅かな刻が過ぎた。
忍び槍の穂先から血が滴り落ちた。

左近は、脇腹に血を滲ませた。

道伯は笑みを浮かべ、残心の構えのまま横倒しに斃れた。

斬られた額から血が流れた。

左近は、残心の構えを解き、無明刀を一振りした。

無明刀の鋒から血が飛んだ。

左近は、小さな吐息を洩らし、無明刀を鞘に納めた。そして、斃れている道伯の死を見定めた。

殺し合いは終わった。

左近は、道伯の忍び槍に僅かに抉られた傷から流れる血を止め、松河藩江戸上屋敷から立ち去った。

松河藩江戸上屋敷は、血の臭いの漂う不気味な静けさに覆われた。


江戸の町は寝静まっていた。

小平太は、秩父刑部を追って江戸の北西に進んでいた。

秩父刑部は何処に行くのか……。

小平太は、秩父刑部を追った。

此のまま進むと石神井池がある。

まさか……。

小平太は、秩父刑部の行き先を読み、緊張した。

「行き先は秩父かな……」

背後から小五郎の声がした。

小平太は、背後から来る小五郎に気が付いて足取りを緩めた。

小五郎は、背後から小平太に並んだ。

「小五郎さん……」

小平太は、微かな安堵を覚えた。

「赤坂の松河藩江戸上屋敷の様子を見に来たら、お前さんの姿が見えてな」

小五郎は笑った。

「そうでしたか……」

「秩父刑部かい……」

小五郎は、前を行く秩父刑部を示した。

「はい……」

「どうする……」

「小五郎さん、此の事を左近さまに報せてもらえますか……」

小平太は頼んだ。

「お安い御用だ。どうせ、柳森に戻れば知れる話だ」

小五郎は頷いた。

「お願いします」

「ああ……」

小五郎は、歩みを止めた。

「じゃあ……」

小平太は、秩父刑部を追った。

「気を付けてな……」

小五郎は、秩父刑部を追って行く小平太を見送った。

秩父刑部と小平太は、夜の闇に去って行った。

小五郎は見送り、柳原通りの柳森稲荷に向かって猛然と走り出した。


葦簀掛けの飲み屋の火は揺れた。

「そうか、松河藩の黒崎忠政、服部道伯に始末されたか……」

嘉平は苦笑した。

「うむ……」

左近は頷いた。

「で、秩父刑部はどうした」

「服部道伯と斬り結んでいる間に逃げられた」

左近は苦笑した。

「そうか。ま、相手は服部道伯、一筋縄ではいかない忍びだ。斃す間に逃げられても仕方があるまい」

嘉平は笑った。

「うむ。して、小平太はどうした」

左近は尋ねた。

「逢わなかったのか……」

嘉平は、微かな戸惑いを過(よぎ)らせた。

「ならば、松河藩江戸上屋敷に……」

「ああ。様子を見に行ったんだが……」

「ひょっとしたら、逃げた秩父刑部を追ったのかもしれぬ」

左近は読んだ。

「ああ。だが、秩父刑部、何処に逃げたのかだ……」

嘉平は眉をひそめた。

「うむ……」

左近は頷いた。

小さな火が揺れた。

左近と嘉平は、近付いて来る人の気配に身構えた。

「俺だ。小五郎だ……」

空き地の闇を揺らして小五郎が現れ、葦簀掛けの飲み屋に入って来た。

「おう。どうした……」

嘉平は迎えた。

「やあ、左近さん。いてくれて良かった。小平太は秩父刑部を追って秩父に向かっている」

小五郎は、左近に報せた。

「秩父刑部が秩父に……」

左近は眉をひそめた。

「ああ。おそらく石神井池から所沢に抜けるつもりだろう」

小五郎は読んだ。

「そうか、助かった。礼を云う」

左近は、小五郎に頭を下げた。

「いいや。早く行くが良い」

「うむ。父っつあん、聞いての通りだ。ではな……」

左近は、塗笠を手にして猛然と夜の闇に駆け出した。

嘉平は、小五郎に湯呑茶碗に酒を注(つ)いで差し出し、左近を見送った。

小五郎は、美味(うま)そうに酒を啜(すす)った。

葦簀掛けの飲み屋の火は油が切れ始めたのか、じりじりと音を鳴らして瞬いた。


石神井池から所沢、狭山(さやま)……。

秩父刑部は、夜道を足早に進んだ。

小平太は追った。

行き先は秩父か……。

秩父なら何しに行くのか……。

陽炎さまに用でもあるのか……。
小平太は、夜道を急ぐ秩父刑部を追った。

左近は走った。
深い闇が続く夜の道を……。
闇を切り裂き、渦に巻いて……。
左近は、夜の道を猛然と走った。

夜が明けた。
秩父の山々は、薄明るくなった空に黒い影になって浮かんだ。
秩父刑部は、飯能の町に入った。
飯能の町には早立ちの旅人が行き交い、馬や大八車が荷積みに忙しかった。
秩父刑部は、一膳飯屋に入って湯漬を食べて休息をした。
よし、今の内だ……。
小平太は、秩父刑部が休息を取ったのを見定めて正丸峠に走った。

正丸峠から望む秩父は美しかった。

小平太は、小さな祠(ほこら)から狼煙(のろし)を取り出して打ち上げた。

黒と黄色の狼煙が蒼穹にあがった。

小平太は、飯能に急いで戻った。


陽炎の家の広い土間に蛍が入って来た。

「陽炎さま……」

蛍は、緊張した声で陽炎を呼んだ。

「どうした……」

陽炎が、土間に続く板の間の囲炉裏(いろり)の奥に現れた。

「はい。今、正丸峠から黒と黄色の狼煙があがりました」

蛍は報せた。

「黒と黄色の狼煙……」

陽炎は眉をひそめた。

「はい。小平太さんの警戒しろとの報せです」

蛍は告げた。

「うむ。蛍、烏坊と猿若も既に警戒態勢に入っただろう……」

「はい……」

「蛍は、寅太、佐七、七郎、飛鷹に館の護りに就かせろ」

陽炎は命じた。

「心得ました」

「蛍。寅太、七郎、佐七、飛鷹には怪しい者を見たら余計な真似は一切せず、直ぐに私に報せろとな……」

「はい……」

蛍は頷き、土間から出て行った。

「秩父刑部か……」

陽炎は睨んだ。

小平太の報せが、秩父刑部に拘(かか)わる事なら左近は必ず来る……。

陽炎は、厳しい面持ちで読んだ。

微風は秩父の山々を爽やかに吹き抜け、緑を揺らして煌めかせた。

秩父忍びの館は緑の木々に覆われ、表の通りに続く一本道には小鳥の囀りが飛び交っていた。

猿若は、大木の梢の茂みから表に続く一本道を見張っていた。

烏坊が、雑木林の梢伝いにやって来た。

「どうだ、猿若……」

「異常なしだ。そっちはどうだ」

「館の周りをひと廻りしたが、変わった事はない……」

烏坊は、厳しい面持ちで周囲を窺った。

小平太の警戒を促す狼煙は、烏坊と猿若を緊張させ、その闘志を燃え上がらせた。

「やって来る警戒する相手は、何処の誰なのかな……」

猿若は尋ねた。

「うん。小平太さんは、秩父刑部を探りに左近さまと江戸に行った。それからすると警戒する相手は秩父刑部か、その一党の者共（ものども）……」

烏坊は読んだ。

「烏坊もそう思うか……」

「うん。それにしても分からないのは、秩父刑部は何故、秩父忍びを離れ、今、何をしようとしているのかだ……」

　烏坊は眉をひそめた。

「秩父刑部、昔のお館の幻斎さまの一族だと聞く。その刑部が何故、秩父を出奔したのかだな」

　猿若は、首を捻った。

「うん。俺が秩父の古老に聞いた話では、刑部の出奔には、左近さまが拘わっているようだ」

　烏坊は、厳しい面持ちで告げた。

「左近さまが……」

「ああ。だが、詳しくは分からぬ」

「そうか……」

「ま、何れにしろ警戒する相手が来たら分かるだろう」

「うん……」

「よし。俺はひと廻りして来る……」

「うん。気を付けてな……」

　烏坊は、雑木林の梢に跳んで立ち去った。

猿若は、館に続く道を見詰めた。

小鳥の囀りは続いた。


秩父忍びの館に続く道は、雑木林の中に真っ直ぐに続いている。

秩父刑部は、雑木林の中の一本道を眺めた。

小鳥の囀りが飛び交っていた。

小平太は、一本道の入口に佇む秩父刑部を見守った。

秩父刑部は、一本道に踏み込んだ。

小鳥の囀りは続いた。

拙い……。

小平太は眉をひそめた。

秩父刑部は、殺気を消して一本道を進んだ。

警戒している猿若と烏坊は、続く小鳥の囀りに殺気をないと判断し、油断するかもしれない。

どうする……。

小平太は焦った。

よし……。

小平太は、一本道を行く秩父刑部に殺気を放った。

小鳥の囀りが途絶えた。

三

小鳥の囀りが消えた。

一本道に微かな殺気が湧き、雑木林から響いていた小鳥の囀りが途絶えたのだ。

殺気……。

猿若は、一本道を見据えた。

武士が一人、やって来るのが見えた。

猿若は緊張した。

「来たか……」

烏坊が現れた。

「ああ……」

猿若は、やって来る武士を見詰め、喉を鳴らして頷いた。

「誰かな……」

烏坊は、武士を見詰めた。

「おそらく、秩父刑部だろう……」

猿若は読んだ。

武士の背後の雑木林に、小平太の姿が見えた。

「小平太さんだ……」

猿若は、気が付いた。

「じゃあ、やはり秩父刑部だ……」

「うん……」

烏坊と猿若は、やって来る武士を秩父刑部だと見定めた。

秩父刑部は、殺気を放たずに静かな面持ちでやって来た。

「猿若……」

烏坊は、猿若に声を掛けた。

「うん……」

猿若は頷いた。

烏坊は飛んだ。

「待て……」

猿若は、大木の梢の茂みから秩父刑部を呼び止めた。

秩父刑部は、立ち止まって辺りを見廻した。

「何者だ……」

猿若は、茂みに潜んで姿を見せずに尋ねた。

「秩父刑部……」

秩父刑部は名乗った。

「その秩父刑部が何しに来た」

「秩父忍びの陽炎に逢いに……」

「何用だ」

「用は陽炎に逢って云う」

刑部は苦笑した。

「ならば、大人しく帰るのだな」

猿若は命じた。

「何……」

刑部は戸惑った。

「逢う約束もなく訪れ、用件を云わぬ者を逢わせる訳にはいかぬ」

猿若は嘲笑した。

「おのれ……」

刑部は、殺気を浮かべて踏み出そうとした。

刹那、頭の真上から打矢が投げられ、刑部の足元に突き刺さって胴震いした。

「動くな……」

烏坊の声が、真上から投げ掛けられた。

刑部は、真上からの打矢と声に怯んだ。

「動けば頭に、上を向けば顔に打矢を射込む……」

烏坊は、刑部の真上の梢から告げた。

刑部は凍て付いた。

見張りの忍びは一人ではない……。

刑部は、頭上からの声に動きを封じられた。

「秩父刑部、陽炎さまに用とは何だ」

猿若は、梢の茂みの中から再び尋ねた。

「秩父忍びの行く末についてだ」

刑部は告げた。

「分かった。そう伝えよう。ならば、明日出直して来るのだ」

猿若は笑った。

「明日……」

刑部は眉をひそめた。

「ああ。今日は帰るが良い」

猿若は命じた。

「どうあっても……」

刑部は、腹立たし気に訊いた。

返事はなく、木々の茂みが騒めいた。

殺気……。

刑部は、頭上からの殺気に身構えた。

雑木林の茂みは騒めき、殺気は頭上から降り注いだ。

闘ったところで下手をすれば相打ちだ。

よし……。

刑部は決めた。

「分かった。明日、出直して来よう。陽炎にそう伝えてくれ」

刑部は苦笑し、踵（きびす）を返して一本道を戻り始めた。

猿若と烏坊は、雑木林の木々の梢に忍んで見送った。

刑部は立ち去って行った。

殺気は消え、小鳥の囀りが飛び交い始めた。

烏坊が、猿若の傍に現れた。

「刑部の行き先を突き止める」

烏坊は、猿若に告げ、木々の梢沿いに飛んで刑部を追った。

「ああ……」

猿若は見送り、小さな吐息を洩らして緊張を解いた。


秩父刑部は、秩父忍びの館に続く一本道を出て、田舎道を荒川に向かった。

烏坊は、充分に距離を取り、田畑の緑や雑木林の茂みを使って追った。

背後に人の気配がした。

烏坊は振り返った。

小平太が現れ、烏坊に駆け寄った。

「小平太さん……」

烏坊は、声を弾ませた。

「良くやった、烏坊……」

小平太は誉めた。

「は、はい……」

烏坊は、小平太が猿若と一緒に秩父刑部をあしらったのを見ていたと気が付いた。

「此のまま刑部を尾行、行き先を突き止めろ」

小平太は命じた。

「はい……」

「俺は陽炎さまに江戸での事を報せる」

「はい……」

「秩父刑部、狡猾で冷酷非情な男だ。決して惑わされぬようにな」

「心得ました。では……」

烏坊は、刑部を追って立ち去った。

小平太は見送り、張り続けて来た緊張を漸く解いた。

荒川は様々な岩に白波を飛ばし、激しい勢いで流れていた。

秩父刑部は、荒川の岸の岩場を進んだ。

烏坊は尾行(つけ)た。

何処に行くのか……。

烏坊は、慎重に尾行た。

荒川の急流は水飛沫を散らし、激しい音を鳴らしていた。

烏坊は、秩父刑部を追った。


秩父忍びの館の広間は明るかった。

小平太は、陽炎に江戸での事を報せ、秩父刑部を追って来たのを告げた。

「うむ。秩父刑部が来て猿若と烏坊にあしらわれ、明日又来ると云って引き取ったそうだ」

陽炎は、猿若から報せを受けていた。

「はい。それで今、烏坊が秩父刑部を追っています」

「そうか。いろいろご苦労だったな、小平太。して、秩父刑部、何用あって秩父に来たのかな……」

陽炎は眉をひそめた。

「秩父刑部配下の忍びは、伊賀の服部道伯たちに皆殺しにされました。配下の忍びを失った刑部は、我ら秩父忍びの力を借りに来たのかも……」

小平太は読んだ。

「小平太、それだけだと思うか……」

「いいえ。刑部は己が生き延びる為には、配下の忍びの者を見棄てる狡猾で冷酷な男。陽炎さまを亡き者にして我ら秩父忍びを配下にしようと企てているのかも……」

小平太は苦笑した。

「うむ。おそらくその辺りだろうな。それにしても伊賀の服部道伯に皆殺しにされるとはな……」

陽炎は苦笑した。

「所詮は忍び崩れの無頼(ぶらい)の者共、我らや伊賀忍びとは違います」

「して、服部道伯はどうした……」

「大目付水野義信と目付の北原主水正を刑部に闇討ちさせた筑後国松河藩の藩主

黒崎忠政を葬りましたが、おそらく左近さまに……」

　小平太は、微かな笑みを浮かべた。

「討ち果たされたか……」

　陽炎は読んだ。

「逃げる刑部を追ったので、見定めてはおりませんが……」

　小平太は頷いた。

「そうか……」

　陽炎は頷いた。

　そして、小平太はそのまま秩父刑部を追って来た。

　左近がそれを知れば、必ず秩父にやって来る筈だ。

　陽炎は読んだ。

　左近は、己が加納大介であった時、親しい友の結城左近と闘って斃し、記憶を失った。そして、大介と左近の闘いに秩父刑部が拘わっていると睨み、必ず問い詰めに来る筈なのだ。

　日暮左近こと加納大介に斃された結城左近は、陽炎の兄だった。

　陽炎の兄を殺した大介に対する恨みは、既に消え去っていた。

当時、加納大介と結城左近は、親しい友でありながら羽黒の仏の催眠の術に操られて殺し合うことになった。だが、本当にそれだけだったのか……。

それを一番知りたく思っているのは、記憶を失った日暮左近であり、次に陽炎なのだ。

左近は、刑部に必ず問い質す……。

陽炎は、想いを巡らせた。

「陽炎さま……」

小平太は、微かな戸惑いを滲ませ、陽炎を呼んだ。

「う、うむ。ならば、小平太。一休みしてから烏坊に代わり秩父忍びの館の護りに就いてくれ」

「心得ました」

小平太は、陽炎に会釈をして広間から立ち去って行った。

陽炎は、明るい広間に一人残った。

日暮左近……。

陽炎は呟いた。

荒川の急流を渡り、武甲山の獣道を登ると秩父忍びの勢力外だった。

秩父刑部は、獣道を登った。

烏坊は追った。

やがて、滝の流れ落ちる音が聞え、血の臭いと生臭さが漂った。

刑部は進んだ。

烏坊は、木々の梢を飛んだ。


滝は音を鳴らして流れ落ちていた。

滝壺の岸辺には小さな廃寺があり、本堂を囲む回廊の手摺には熊、鹿、兎などの毛皮や肉が干され、数人の猟師が山刀で獣の皮を剥いでいた。

秩父刑部は、猟師たちの許に進んだ。

猟師たちは、刑部に猟銃と血塗れの山刀を向けた。

「秩父刑部だ。長の十郎兵衛はいるか……」

刑部は名乗り、猟師たちに笑い掛けた。

「ああ……」

猟師は頷いた。

烏坊は、大木の梢の茂みに忍んだ。

毛皮の袖無しを着た髭面の男が、本堂から出て来た。

「やあ。十郎兵衛。暫くだな……」

刑部は、猟師の長の十郎兵衛に笑い掛けた。

「刑部、未だ生きていたのか……」

十郎兵衛は苦笑した。

「ああ……」

刑部は頷いた。

烏坊は、大木の梢の茂みに忍び、刑部と十郎兵衛の様子を見守った。

刑部は、袱紗包みを出して階に置いた。

十郎兵衛は、薄笑いを浮かべて袱紗を開いた。

袱紗の中には、二個の切り餅があった。

「五十両だ……」

刑部は、狡猾な笑みを浮かべた。

「よし。話は中で聞こう……」

十郎兵衛は、刑部を本堂に招いた。

　陽は山の陰に沈み始めた。

秩父忍びの館は、月明かりと虫の音に覆われていた。

広間には、陽炎、小平太、烏坊、猿若、蛍、七郎、寅太、佐七、飛鷹たちが集まっていた。

「そうか。刑部、武甲山の猟師十郎兵衛の許に行ったか……」

陽炎は眉をひそめた。

「はい。で、刑部、十郎兵衛に五十両の金を渡して、何事かを頼んだようです」

烏坊は報せた。

「何かを頼んだか……」

陽炎は苦笑した。

「配下のいない刑部。十郎兵衛たち猟師を助っ人に雇ったのでしょう」

小平太は読んだ。

「おそらくそんなところだな」

陽炎は頷いた。

「刑部の奴。俺たちに鉄砲を突き付けて、云う事を聞かせようって魂胆か……」

猿若は、腹立たし気に吐き棄てた。

「きっとな……」

鳥坊は頷いた。

「ならば、陽炎さま、先手を打って十郎兵衛たちを片付けますか……」

猿若は、膝を進めた。

「先手を打って十郎兵衛たちを討てば、訳を知らない猟師や杣人(そまびと)ら山の民たちが怒り、面倒な事になる……」

蛍は読んだ。

「うむ。討つのは十郎兵衛たちが攻撃して来てからだ」

陽炎は、蛍の読みに頷いた。

「はい……」

猿若と鳥坊は頷いた。

「七郎、佐七、寅太、飛鷹、聞いての通りだ。刑部は猟師たちを雇い、我らを牽(けん)制(せい)する気だ。少ない人数での護りは大変だが、猟師の鉄砲には気を付けるのだ」

小平太は告げた。

「皆、決して無理はするな。命を惜しめ」

陽炎は命じた。

「はい……」

七郎、寅太、佐七、飛鷹は、声を揃えて返事をした。

「よし。ならば持ち場に戻れ」

小平太は命じた。

七郎、佐七、寅太、飛鷹は、陽炎に一礼し、緊張した面持ちで館を囲む土塀の見張り場所に戻って行った。

「よし。ならば、俺も見張りに……」

「俺も行くぞ……」

烏坊と猿若は、陽炎と小平太に会釈をして館の外の雑木林に向かった。

「ならば、子供たちを館に避難させます」

蛍は、広間から出て行った。

広間には、陽炎と小平太が残った。

「小平太、皆の為にも此の秩父忍び、決して刑部に奪われてはならぬ」

陽炎は、厳しさを滲ませた。

「はい。刑部に支配されれば、外道働きの盗賊の真似を始め、何をさせられるか……」

小平太は、吐息混じりに頷いた。

「此処迄、護り育てた秩父忍び、刑部のような輩に渡してなるものか……」

陽炎は、不敵に云い放った。

秩父忍びの館は蒼白い月明かりに照らされて、虫の音に沈んでいた。

流れ落ちる滝は、月明かりに煌めいていた。

左近は、滝の流れ落ちる岩場に立ち、滝壺の傍にある廃寺を見下ろしていた。

十郎兵衛たち猟師は、廃寺の境内で獣の肉を焼き、酒を飲んでいた。

回廊には、酒の入った一斗樽が幾つか置かれていた。

十郎兵衛たち猟師は、一斗樽の酒を楽し気に飲んでいた。

酒と肉の焼ける匂いが漂い、猟師たちの笑い声が満ちた。

本堂の奥の暗がりから左近が現れ、並ぶ一斗樽に小さな竹筒に入れた秩父忍び秘伝の粉薬を注いだ。

粉薬は痺れ薬であり、飲むと明日の夕刻迄は身体が痺れる筈だ。

身体が痺れている限り、猟銃の引鉄を引く事もままならない筈だ。

明日、十郎兵衛たち猟師は秩父刑部の戦力にはならない……。

左近は、賑やかに酒を飲んでいる十郎兵衛たち猟師に冷笑を浴びせ、本堂の奥の暗がりに消えて行った。

四

秩父忍びの館は、明るい日差しと小鳥の囀りに覆われていた。

陽炎は、館の広間に陣取った。

蛍は、子供たちを連れて館に入った。

七郎、佐七、寅太、飛鷹は、館を囲む四方の土塀にそれぞれ張り付き、雑木林を見張った。

烏坊と猿若は、館の周囲の雑木林を飛び廻って侵入者を警戒した。

小平太は、大木の梢から雑木林の間の一本道を窺っていた。

一本道は雑木林からの斜光に照らされ、小鳥の囀りが飛び交っていた。

殺気はない……。

小平太は、一本道を見張った。

一本道に武士が現れた。

秩父刑部……。

小平太は、一本道を来る武士が秩父刑部だと見定め、狐の鳴き声を発した。

陽炎、烏坊、猿若、蛍、七郎たちは一本道に秩父刑部が現れたのを知った。

秩父刑部は、殺気を放たずにやって来る。

小平太は、大木の梢から下り、館の前庭に立った。

「来たか……」

陽炎がやって来た。

「はい。殺気を放たずに……」

小平太は告げた。

「下手な小細工を……」

陽炎は苦笑し、やって来る刑部を見据えた。

小鳥の囀りは飛び交った。

刑部は、秩父忍びの館の門前に近付いた。

「秩父刑部……」

陽炎の声に刑部は立ち止まった。

陽炎が門前に現れた。

「陽炎か……」

刑部は笑った。

「用とは何だ……」

陽炎は、刑部を見据えた。

「陽炎、此処は俺の死んだ爺様の館だ。引き渡してもらおう」

刑部は、笑い掛けた。

「違う。此処は代々の秩父忍びのお館さまが住む館。亡くなった幻斎さまだけの館ではない……」

陽炎は、冷たく云い放った。

「陽炎……」

刑部は、陽炎を睨み付けた。

殺気が湧き、小鳥の囀りが消えた。

「本性を現したな、刑部……」

陽炎は苦笑した。

「黙れ。陽炎、大人しく秩父忍びと此の館を渡さなければ、只では済まぬ……」

刑部は、嘲りを浮かべた。

猟師たちが鉄砲を構えて現れる……。

陽炎は身構え、辺りを窺った。

しかし、鉄砲を構えた猟師たちは現れなかった。

刑部は、微かな焦りを過らせた。

館の周囲から猟師たちは現れず、銃声も響かなかった。

十郎兵衛はどうした……。

銃声を鳴らし、猟銃を構えて現れる手筈だ。

刑部は眉をひそめた。

陽炎は、戸惑いを覚えた。

「陽炎さま……」

小平太が現れ、陽炎の背後を固めた。

「うん……」

陽炎は頷き、刑部を見据えた。

「おのれ……」

どうした、猟師の十郎兵衛たちはどうしたのだ……。

刑部は、苛立ち焦った。

「十郎兵衛たち猟師は、身体を痺れさせて動けずにいる……」

左近の声が響いた。

「何……」

刑部は狼狽えた。

「左近……」

陽炎と小平太は、雑木林を見廻した。

左近が、大木の梢から刑部の背後に降り立った。

「秩父刑部……」

左近は笑った。

「日暮左近か……」

刑部は身構えた。

「ああ。刑部、陽炎との用が済んだのなら俺に付き合ってもらおう……」

左近は、刑部を見据えた。

刹那、刑部は炸裂弾を投げた。

左近は跳んだ。

小平太は、陽炎を庇(かば)って伏せた。

炸裂弾が爆発し、爆風と共に釘や小石を周囲に放った。

飛んだ釘や小石は、雑木林の木々の幹に鋭く喰い込んだ。

爆風は静まった。

刑部はいなかった。

「小平太、十郎兵衛たち猟師に秩父忍びに手を出すと命はないと脅せ」

左近は命じた。

「心得ました」

小平太は頷いた。

「左近は……」

陽炎は尋ねた。

「刑部を追う……」

左近は、そう云い残して大木の梢に跳んで刑部を追った。

「左近……」

陽炎は見送った。

小鳥に囀りが湧き、一本道には木洩れ日が煌めいた。
秩父の山々は美しかった。
刑部は荒川を渡って武甲山に逃げる……。
左近は睨み、荒川に急いだ。

荒川の渓流は、水飛沫を上げて岩場を流れていた。
秩父刑部は、雑木林から渓流の岩場に駆け下り、水を飲み、顔を洗って一息ついた。
「日暮左近か……」
刑部は、嘲りを浮かべて立ち上がり、渓流沿いの岩場を進んだ。
荒川の流れは、次第に大きく緩やかになっていった。
刑部は、荒川の流れ沿いを進んで大きな岩畳に出た。
荒川の流れは穏やかになり、周囲の木々の緑は鮮やかだった。
刑部は、岩畳を進んだ。そして、行く手を見て顔色を変え、凝然と立ち竦んだ。

「遅かったな。刑部……」

行く手に左近がいた。

「大介……」

刑部は、緊張に嗄(しゃが)れ声を震わせた。

「その加納大介が、結城左近と斬り合ったのは出羽(でわ)忍びの頭領羽黒の仏に操られての事だけだったのか、教えてもらおう……」

左近は、刑部を厳しく見据えた。

「何……」

刑部は、戸惑いを浮かべた。

「加納大介は結城左近と闘い、斬り棄てて記憶を失った……」

「記憶を失った……」

刑部は眉をひそめた。

「ああ。己の名も素性もな。辛(かろ)うじて覚えていたのは、左近という名前だけで、日暮左近と名乗ることになった。そして記憶は少しずつ蘇(よみがえ)ってきた。己の名や素性もな。だが、何故に親しい友だった結城左近と斬り合ったのかだけはわからぬ。今日に至っても羽黒の仏に操られての事というだけでは納得は出来るものではない……」

左近は、刑部に笑い掛けた。

「そいつは気の毒だが、俺には拘わりの無い事だ」

刑部は嘲笑した。

「黙れ、刑部。お前は俺と結城左近の斬り合いを見ていた。知っている筈だ」

左近は、刑部に薄く笑い掛けた。

「し、知らぬ。俺は何も知らぬ……」

刑部は狼狽えた。

「惚(とぼ)けるな、刑部……」

左近は、無明刀の鯉口(こいぐち)を切った。

「止めろ、大介。俺は本当に何も知らぬ」

刑部は怯んだ。

「ならば、刑部。お前は何故、秩父から逐電(ちくでん)した」

「爺様に、爺様に殺されそうになったからだ」

刑部は告げた。

「何故だ。幻斎さまは何故、お前を殺そうとした……」

「そ、それは……」

刑部は躊躇い、云い澱んだ。

左近は、無明刀を抜き払った。

無明刀は輝いた。

刑部は、眩しさに顔を背けた。

「云え……」

左近は命じた。

刑部は、炸裂弾を投げようとした。

刹那、左近は大きく踏み込み、無明刀を鋭く抜き打ちに放った。

炸裂弾を投げようとした腕が斬られ、血が飛び、炸裂弾が落ちて転がった。

左近は、転がった炸裂弾を荒川に蹴り込んだ。

刑部は、斬られた腕を押さえて蹲った。

左近は、蹲った刑部に無明刀を突き付けた。

「刑部、重ねて訊く。何故、幻斎さまはお前を殺そうとした……」

「徒党を組んで板橋の庄屋の屋敷に押し込み、皆殺しにして金を奪ったからだ……」

刑部は、血の流れる腕を押さえ、顔を醜く歪めた。

「皆殺し……」

左近は眉をひそめた。

「ああ……」

刑部は頷いた。

「それで幻斎さまは、逃げたお前と徒党を組んだ者共の始末を俺に命じたのか」

左近は、幻斎の命が哀しく虚しいものだったと知った。

「ああ……」

刑部は、嗄れ声を震わせて頷いた。

「そして、お前を追った俺の前に結城左近が立ちはだかった。それは、結城左近も外道働きの盗賊の一味だったからか……」

左近は読んだ。

「ああ。結城左近は金を欲しがっていた。宿場女郎を身請けする金をな……」

刑部は嘲笑した。

「宿場女郎を身請け……」

左近は眉をひそめた。

「ああ。幼馴染の百姓の娘だったと思う。結城左近はそれで一味に加わり、身請けした幼馴染の宿場女郎と静かに暮らしたいと願い、討手の加納大介、お前と斬り合った。その時、結城左近は、友の加納大介と殺し合う己を奮い立たせる為、羽黒の仏の催眠の術に掛かり、闘いに臨んだのだ。高が宿場女郎の為にな……」

刑部は結城左近を蔑んだ。

「刑部、それは本当なのか……」

左近は、刑部の話が俄には信じられなかった。

「今更、嘘偽りを云っても仕方があるまい」

刑部は、斬られた腕の血の滲んだ袖を引き千切った。

「そうか……」

左近は知った。

加納大介と結城左近が斬り合った理由を……。

左近は、漸く知った。

だが、最早真相はどうでも良い。友を斬り棄てた事実は消える事はないのだから……。

「血止めをして良いか……」

刑部は訊いた。
「うむ……」
左近は頷いた。
刑部は、印籠を腰から外し、蓋を取った。
次の瞬間、左近は跳び退いた。
刑部は、印籠に仕込んであった毒針を放った。
毒針の煌めきが左近を襲った。
左近は、横手に大きく跳んで躱した。
刑部は忍び刀を抜き、左近に斬り掛かった。
剣は瞬速……。
無明斬刃……。
左近は、無明刀を真っ向から斬り下げた。
閃光が走った。
刑部は、額を真っ向から斬り下げられ、絶望に眼を瞠った。
左近は、残心の構えを取った。
刑部は額から血を流し、岩場から荒川の流れに転落した。

水飛沫が煌めいた。

刑部は、荒川の流れに沈んで行った。

左近は、残心の構えを解いて吐息を洩らした。そして、無明刀を濡らした血を拭い、静かに鞘に納めた。

荒川は秩父刑部の死体を呑み込み、何事もなかったかのように穏やかに流れていた。

小鳥の囀りが響いた。

左近は見上げた。

空は蒼く、山々の緑は何処迄も鮮やかだった。

秩父か……。

左近は、眩し気に眼を細めた。

日暮左近は、気を失ったまま小舟で荒川を流れ下って江戸で生まれ、秩父に帰って来て短い生涯を終えるのか……。

左近は、秩父の山々を眺め続けた。


（完）

光文社文庫

文庫書下ろし／長編時代小説
秩父忍び　日暮左近事件帖
著者　藤井邦夫

2024年11月20日　初版1刷発行

発行者　三宅貴久
印刷　萩原印刷
製本　フォーネット社

発行所　株式会社　光文社
〒112-8011　東京都文京区音羽1-16-6
電話　(03)5395-8147　編集部
8116　書籍販売部
8125　制作部

ISBN978-4-334-10502-0　Printed in Japan

組版　萩原印刷